水《みず》の郷《さと》

高科 幸子
Yukiko Takashina

文芸社

目次

廃村の桜

何年も前のこと。

近くの廃村になった村に行ったことがある。

草の生えた細い道を上っていくと、目の前に草原が広がり、その向こうに細い桜の木が立っていた。

早春の肌寒い空気の中、薄紅色の花弁が風に震えている。

空は青くどこまでも澄み、青くひんやりそよぐ風。どこからか鳥の声が聞こえる。

わたしはひとり、草の原を見つめていた。

ふと、さらに先を見ると、学校があるみたいだった。

ここからでも人のいないのがわかる。

『……廃校』

それは、草原の中の門の内側に建っていた。

わたしはそちらに歩いていった。

青い空の下、校舎の窓はところどころ開いていて、風が通り抜けていた。

門は上の留め具がはがれかけて、傾いている。

それを手で、キ、キ、キーッと錆びた音とともに押した。

門の内側に一歩踏み入れると、風が吹いてきてわたしを包み込み、ふわりと回って吹き抜けていった。

強かったので体の中まで通った感じがした。

雑草は、校舎の中まで続いているみたいだった。

わたしは草を踏みしめながら中に入っていった。

職員室らしき部屋の横のドアが開いていたので覗いてみると、ひんやりとした空気が流れてきた。

天井は高く、上の窓から光が帯のように差していた。

その中を、細かいちりのようなものがゆっくりと漂っている。

それはとても美しい情景だった。

高いところから、ゴー……と風の音が聞こえてきた。

廊下や階段の壁には、学校のお知らせ、みんなが描いた友だちの絵、村の写真、などが貼られたままになっている。

その向こう側に一年生の教室が並んでいた。一番手前の「一年一組」のドアから中へ入ってみると、黒板には小さなチョークや黒板消しが置いてあり、当番の人の名前、明日の持ち物、提出物のプリントの名前、が書いてあった。

机の上には落書きや、消しゴムのかけら……。

机の横には、小さな使い古した鉛筆が転がっている。

つい先ほどまで、そこに人がいた感じ、だ。

しばらく中を見ていたが、窓から外の春の光の色が見え、それにつられて、校庭に出てみることにした。

向こうの方の柵に沿って、桜が何本も何本も並んで薄紅にあるいは白く咲いていた。花弁が舞っている。

柵の外には細い川が流れていて、その向こうの草原の真ん中には古い家があり、その前にも、細い桜が立っていた。

まだ若い木だ。

蝶が飛んでいる。

川の水の音がチロチロと聞こえてくる。

鳥がさえずっている。

「きれいだなあ」

見とれていると、小型のトラックがスコップなどの器具を積んでやってきた。

桜の木の近くまで来ると、運転席から男の人とその母親らしき人が降りてきた。

彼らは桜の木を見ると、息子の方がトラックからスコップを取り出し、桜の木の根元を掘り始めた。年老いた母親はそれを見守っている。

しばらくして、彼らは桜の木をトラックに「よいしょ」と乗せた。

「ああ、よかった」

母親の方がそう言っているように見えた。

ふたりは、顔を見合わせ、ほっとした様子で、そのまま立ち去った。桜の木を乗せたトラックは、だんだん小さくなっていく。

風が吹いていた。

花が咲いていた。

鳥が鳴いていた。

トラックが見えなくなってもそのまま、わたしはしばらく見つめていた。

夢

その夜のこと、こんな夢を見た。

一面、カタクリの花が咲いている。

木がずっと連なっていて、向こうの方になにがあるのか、それともなにもないのか、よくわからない。

枝の間から日が静かに差していて、とても美しい。

そういうところにわたしはひとりで立っていた。

夢

少し湿ったようなしっとりした空気。
ときおり吹く風。
そのたびに震えるように揺れる、足元に咲く薄紫色のカタクリの花。
ゆっくりと歩いた。
どこまでも行こうと思った。

やがて、しっとりし、こんもりとした葉の木々の立ち並ぶ中へ入っていったわたしは、そのまま、ひんやりと気持ちのよい風にしばらく吹かれていた。

朝が来て目が覚めてからも、その夢のことが頭から離れなかった。
机の前の椅子に座り、原稿用紙に向かっても、色鉛筆を手に取り、自分の本の表紙絵を描こうとしても、少し湿ったようなあの風、空気……確かに肌に感じられた、まるで夢とは思えない、あの、少し水を含んだような景色が頭から離れず、ペンを置いてしまった。

その日は一日、なにをやっていても、その感じから抜け出ることがなくて、ぼうっと過ごした。


そして夜。

もさもさとした草の中をわたしは歩いていた。

夜とはいってもあまり暗くなく、月と星と白い花灯りのみで十分足元も明るい。

それは、昨日の夢の続きのようだった。

青く流れる風。

ひんやりした空気。

この草原はあの廃校のある村へとつながっている、そんな気がした。

そして、その村には何家族かいて、小さな畑で作物を作り、木の実、山菜、川魚をとって、家族皆で食卓を囲み、その日あったできごとやいろいろなことを話しあい、笑い、一日一日大切に暮らしている。

なんだかとてもいいようのない、哀しく優しい気持ちになった。

いったいどうすればそこへ行くことができるのか。

わたしはどんどん迷ってわけがわからなくなっていった。

どうしよう、と困って、ふと向こうの木々の合間を見ると、小さな動物……たぬきの子がぽそっと二本足で立って、こちらを見ているのに気がついた。

くるくるした目がかわいらしい。

『人間でいうと三歳前くらいかな』

そう思っていると、たぬきの子は小さな前足で鼻の頭をこすって、「へへんっ」とでも言うようにして、くるりと向きを変えて行ってしまおうとした。

「あ！　待って！　ちょっと！　ここ、どこか教えて。村へはどう行けばいいの」

と、あわてて言ったのだけれど、どんどん遠くへ跳ねるように行ってしまう。

「お願い！　道を教えて！」

わたしは声を大きくして言った。するとたぬきの子は立ち止まり、こちらを振り向くと、手を頭の上に乗せて首をかしげながら、

「へんだなあ、見えているのかなあ。見えていないはずなのに。ちゃんとおまじない

の呪文となえたのに。葉っぱだって、こうしてほら、乗っけているのに」

とでも言うように、たぬきの言葉でぶつぶつ、一人言をいっているようだった。

そして、ふとなにか気づいたようにきょろきょろとあたりを見回した。

落とし物でもしたのかしら、と思って見ていると、小さな手に持っているどんぐりのような実を見つめ、

「いち、にい、さん……」

またきょろきょろ。

どうも足りないらしい。

わたしは、たぬきの子の足元に三つ四つ落ちているのを見つけ、

「あ！　そこ。足元に落ちているよ。ほら、右足の前のところ」

と言った。するとその子は、ハッと足元を見て、実を拾った。

下を向いたときに、頭の上に一枚の葉っぱが乗っかっているのが見えた。

まるで、化かすときのおまじないの葉のように。

もっとたくさんあったらしいのだけれど、小さな実はなかなか見つからない。

その子は、少し考えたあと「ま、いっか」と思ったみたいな顔をした。

そしてこちらをじっと見つめたかと思うと、くるっと向きを変え、ぴょんと飛ぶように去っていった。そのままどんどん遠ざかってしまう。

一所懸命に追いかけても、距離は離れていくばかり。

『きっとあの先に人家があるのだ。たぬきは郷にいるものだもの』

そう思って、しかたなく草をかき分けながら林の中に入っていく。

「もう！　いやになってしまう。待っていてくれてもいいのにな。そういえばいたずらっ子そうな顔をしていた、あの子。それにしても木の実が好きなのね。あ、こんなところにも赤い実、落ちてる。あっ、こちらにも」

よく見るとたくさん、ある、ある。

ポケットから袋を取り出して、ひとつずつつまんで、その中に入れた。

結構な量になった。

袋を目の高さまで持ち上げると、赤や黄色、緑、さまざまな色の実がつやつやとして、とてもきれいだ。

『このあたりの木の枝にぶらさげておいてあげよう。あの子がすぐに見つけられるように』

そう思い、低い位置にある木の枝に袋をくくりつけた。

そして先ほど走っていった方に向かって、話しかけるように言った。

「きれいな実、たくさん拾ったから、ここにかけておくね」

返事はないけれど、でもなんだか、どこからかじっと見つめている気がした。

きっと聞いているに違いない。

白いレースのカーテンがふわりと膨らんで顔に触れ、その向こう側から月明かりがやさしく照らす。

窓からの風がここちよい。

月の明かりの下で眠るといろんなことが起こる。

不思議な夢もそんなときに見るものだ。

「それにしても、かわいかったなあ、あの子」
ふふっ、と、わたしはやわらかなやさしい気持ちになって目を閉じた。

『まだ朝には早いもの、もう少し眠ろう』

生い茂る木々の中にわたしは立っている。
でも先ほどとは違い、遠くの空が少し明るい。
林の中からもうじき抜け出るのだろうか。
木の枝や伸びた草をかき分けながら進んでいく。
しっとりした風がときおり流れて、木の香りを運んでくる。
水の流れる音もする。
チロチロチロ。

やがて向こうがさらに明るくなってきて、家々の屋根が少しずつ見えてきた。

『誰か住んでいるかしら』

そちらに向かって進んでいくと、空が少し陰ってきて、粒にならない雨になる寸前の霧に近いものが、空から降ってきた。

まるでヴェールのように景色全体を覆いながら。


向こうの屋根を見ると、つる草のからまった煙突から白い煙が出ている。

『誰かいるの？　あの煙。それに、よいにおいがする。ご飯の用意をしているのだ。ああ、そういえば、おなかが空いてきたな』

どこかに食べるところがあるかもしれないとそちらへ行ってみると、小さな集落に着いた。

どの家の煙突からも白い煙が出ていて、おいしそうなにおいがしてくる。

細い道の先にある一番手前の家から、お皿をカチャカチャと並べる音がした。

くすくすくす。

子供の声。

振り向くと誰もいない。

台所の小窓から、中を見てみる。


おいしそうなにおいのするたくさん具の入ったお味噌汁。

お玉を入れたままになっている鍋。

つい今しがたまで、誰かがそこにいて、かきまぜていたのだ。


『入っておいで』


そんなふうに言われた気がして、表に回ると、古い木の戸があった。それに手をかけ、ガラガラガラ……と開けて中に入った。

ひんやりとした土間の中を歩いていくと、裏から風が、すーっと糸のように流れてきた。

草の香りを運びながら。

木の上がりはなのところで、ふと左手を見ると、先ほど窓から見た台所があった。

運動靴を脱いで板間に上がる。

部屋の真ん中に囲炉裏があり、その手前の木の食卓には、お茶碗とお箸、調味料などがいろいろ揃えてあった。もうすぐ食事らしい。

手前には白い座布団がお客を迎えるばかりになっている。

天井の木は囲炉裏の火で黒くすすけている。

すすは天然の虫よけだ。

太い大黒柱にはなにかが潜んでいそう。背の高さを記した傷がある。

古い柱時計は時を刻む。

チック、タック、チック、タック。

床板の下はきっと貯蔵庫になっているに違いない。

昔の造りの家だ。

なんだか落ち着く。

食卓から白くあったかい湯気が上ってきたので見ると、あたたかいご飯とお汁、おいしそうな山菜、焼いた川魚などが用意されていた。

わたしは、白い座布団に座って、手を合わせた。

「いただきます」

あたたかくおいしいご飯を口いっぱいにほおばり、パクパク食べる。

食後は、枝のついた採れたていちご。

たくさんごちそうになり、

「ふぅ、おいしかった。ごちそうさまでした」

とまた手を合わせた。

向こうの部屋では、お風呂の用意ができているみたいだ。木の香りのする、白い湯気がもれてくる。

わたしは、お風呂場の木戸を開け、丸く組んだ湯船に浸かり、ガラスのない木枠だけの窓から月を見上げた。

薄青の空に、透けるような白い月がぽっかりと浮かんでいる。

のんびり見ていると、薄青色だった空が少しずつ夜の色に変わっていく。

お風呂から上がり、部屋へ行くと、テーブルの上にガラスのコップと冷たい水が入った透明の水差しが用意されてあった。

手に取って水を注ぎ、飲む。

ひんやりしたそれは、井戸から汲んできたのだろうか、それともどこかの岩清水かもしれない。

冷たく、のどを潤し、体全体にいきわたり、とてもおいしい。

お日様の香りがする白いシーツの、ふかふかお布団に入る。

仰向きになり、木でできた古い造りの天井を見つめる。

月明かりのみの夜の部屋の中でじっとしていると、薄く蒼いもやが流れているような気がした。

そのまま静かに見つめていると、天井の向こう側に夜の空が透けて見える感じがした。

ぼんやりと白い月が浮かんでいて、その前をゆっくりと藍色の霧のような雲が流れていく。

『これはまるで水の底から見上げているよう』

右の端から、半透明の青いヴェールのようなものがゆっくりと漂うように泳いできた。

よく見るとそれは背びれや長い尾のある魚だった。

「夜色の魚、美しいなあ」

いくつもいくつも泳いできて通り過ぎていく。

チ、チ、チ……。
鳥の声がする。目を開けると、窓から薄くまだ早い朝の光。

台所から朝ご飯のお味噌汁のにおいがしてくる。

まだ少し時間があるみたいなので、わたしは『外へ行こう』と思った。

家の前に小さな川が流れていて、そこに沿って歩いていくと丸い池に着いた。

池のほとりのところに薄く白くなにかが浮かんでいるのが見えたので、近づいて中

を覗くと、

「月」

それは薄い和紙のように向こう側が透けて見え、ぽうっと発光しながら揺れていた。手で触れると揺れながらにじんで、表面の揺れが収まるとまた、丸い月ができた。

『水の中の月』

空を見上げると、うっすらと曇っているような、ぼんやりとした感じの朝で、月は出ていなかった。

もう一度、水の中を覗いてみると、水の向こう側に、木や山や家、空が見えた。奥ほど、青く深くなっていて、引き込まれそうだった。

すとーん、と落ちたらどうなるのだろう。

底はなくて、どこまでもどこまでも、すーっと落ちていくのかもしれない。

ずっと遠くに星が見える。チカチカと瞬いてとても美しい。

ふと、手前でなにか動いたので見ると、水の中の岸辺のところで、誰かがこちらを覗き込んでいる。

それはこの間のたぬきの子みたいだった。

その子がじっとこちらを見ていると、後ろから少し大きいお兄さんが来た。

「なにを見ているの」

「ほら、あの、あのときの」

と言っているみたいに、小さい子はこちらを指さした。

あの子たちは池の中を覗き込んでいるのだ。


『ああ、そうか、水の中はこちらなのだ』

そう理解したとき、顔があたたかくなり、光に包まれた。


朝の光がカーテンの隙間からこちらに静かに差してきている。

わたしは半身起き上がり、ぼうっと考えた。

静かに印象深い夢の中の景色のことを。

起きてからもその夢のことが頭から離れなかった。

そしてその日は一日中、そのことに囚われていて失敗ばかりしていた。

青い水の中を泳いでいるような、漂っているような……その夢を見てからというもの、わたしは、心がなんだか落ち着かない。

木の葉がざわめくようにそわそわとして、でもどこか安らいで落ち着くような、そんな感じのまま過ごしていった。


『あそこの村には誰も住んでいないのかしら？』

そういう考えが浮かんできたのだけれど、同時にすぐに取り消した。

『だって夢の中のことじゃない。なに考えているの、わたし』

あの居心地のよい部屋。

囲炉裏のある食卓に、おいしいご飯。

木でできたお風呂。あの木枠だけの窓から、外の月や星を見ながら入るのは、とても素敵なこと。

木に囲まれた、美しい村。

あそこが夢の中のことだけだなんて思えない。

きっとどこかにあるはず。

そして、そこにはきっと、誰かいる、何かがある。

たくさん住んでいるのだろう。

そんなふうに考えた。


でもやがてわたしは日々の雑踏にまぎれ、その印象深い夢のことも徐々に薄れ、またいつものような日常に戻っていった。

けれどその日から少しずつ、わたしの気持ちの奥でなにかが変わっていった。

それはまるで、静かな湖面に小石を落としたときの波紋のように、青いインクを水に入れたときのように……広がり、溶けて混ざっていった。

自分でも気が付かないうちに、少しずつ少しずつ、青く広がっていった。

小さな記事

ある日のこと、朝の新聞の三面の片隅に、小さく、
『ダム放水・消えた桜の謎』
と書かれてあった。
小さく、放水しているダムの写真があった。
あの廃村の記事だ。
わたしは、本文全体に目を通し、後ろの方にあったもう一枚の写真を見た。
古い校舎、民家、桜、山々が写っている。
その下の方に、
『消えた桜の謎・どこへ？』

という疑問符とともに、説明文が添えられていた。

なんでも、その村から新しい土地に持ってきた小さな桜が、移植した次の日に消えたそうだ。

ふいに思い出した。あの、村の入り口にあった桜を。

年老いた母親と息子らしき人が持っていった。

そういえばあの母親は、ずっと以前に知っていた人になんだか似ていた気がする。

遠くから見ただけなのでよくわからないけれど。

昔、わたしがまだ小さかったころ、やさしく語りかけてもらったことがあった。

あれはどこでだったか、誰だったか。

確か迷子になったときではなかったかな。

あの人にも、息子さんらしき人がそばにおられたと思うのだけれど。

『消えたのは、あの桜のことだろうか』

あのときは、小さな細い桜一本だけが心に残ったのだけれど、もしかしたらもっとたくさん立っていたのかもしれない。

何本も何本も。

そして、その季節になると美しい花を咲かせ、満開になって、村の人たちの心をやさしく揺らしたのだろう。

村を守る神様みたいに、そこにあったのかもしれない。

その小さな木は帰りたかったのかも。

生まれた村へ。たくさんの仲間の木がいる場所へ。

それは、小さな記事だった。

でも心の片隅にコトンと落ちた石みたいに、わたしの中に残った。

チラシ

そんなある日のこと、買い物から帰ると郵便受けに入っていたチラシ。

なんだろうと手に取って見てみると、それは木の繊維で作ったような薄く美しい和紙に、印刷ではなく、青いインクのようなもので手書きで書かれてあった。

『なんのインクかしら。変わった青。少しにじんでいる。なにかの花の色水で染めたみたい』


「里山の研修が開かれます」

参加は誰でも自由にできます。

里山を守ることは命を守ること。

すべての生き物につながっています。
みんなでこの機会によく知って大切にできるように心がけていきましょう。
そして広げていってください。
申し込みは当日でも大丈夫です。
宿泊も可。

『里山を勉強するという研修なのね。行ってみようかしら』
見ると、日付が今日になっている。
場所自体は、すぐ隣の県なので、そんなに遠くはない。
電車に乗ればすぐだ。
でもそこから里山までどう行けばよいのかわからない。
『だいじょうぶ。なんとかなる』
わたしは、数日間の着替え数枚を用意した。
『できるだけ荷物は少なくしよう。向こうで洗っては干し……そうして過ごせばよいもの』

こんなふうだからいつもわたしは、旅先でよく現地の人と間違われる。道を尋ねられたり、現地の人にさえ、

「あなた、どこの家の親戚の人？」

と聞かれたりするのだ。

チラシ、筆記用具、その他もろもろ、最低限の荷物をバッグに詰め、動きやすい格好に上着をさっと羽織り、歩きやすい履き慣れた運動靴で家を出た。

列車の中で

少し行くとバスの停留所がある。そこから三十分ほどで駅に着き、そこで電車に乗り換えるのだ。

何回目かの乗り換えののち、古い型の各駅停車の列車に乗った。

ここから四十分くらいだ。

『少し落ち着ける』

と、ようやく窓の外を見る余裕ができた。

列車は走り、町を離れるにつれ、だんだんと視界が広くなっていく。

田畑や、その先には山が見えてきた。

『あのあたりまで行くのだ』

山の上の方は薄く雲が覆っている。

『雨が降ってくるかもしれない。でも、だいじょうぶ、傘があるもの。小さいの持ってきてよかった』

そんなふうに考えながら……。

ガタン、ガタン。

ここちよく揺れる列車。

ふと気が付くと、窓は手で開けられるようになっている。

『あれ？　珍しいな。まだこんな型の列車が走っているなんて』

そう思いながら、わたしは膝の上の荷物を隣の席に置いて立ち、窓枠に手をやり、ガタガタいわせながら開けた。

外から、草や木の香りとともに風が入ってきた。

少し湿った感じがある。

『水のにおいがする。雨が降ってくるのだ。なんて気持ちがよいのだろう』

振り返ると、わたしのほかに三人ほどまばらに人が乗っていた。

空いている時間帯なのだ。

山奥へ行く方面の列車。

『みんなどこへ行くのだろう。もしかして同じ行き先だったりして』

ふとそんな気がした。

ちらっと見たけれど、なんだかよくわからない。素朴な身なりで、みんな、ゆっくりと動く列車の外を見ているようだった。

わたしは、もとのように席に腰かけて、そのまま窓の外に目をやり、風に吹かれながら揺れていた。

ガタン、ガタン、ガタン。

しばらく行くと、だんだんとますます田舎の景色になっていった。家や集落もめったにない。

夜は、ほんの少ししかない電信柱の、裸電球がぼうっと瞬くだけで、村の明かりよりも空の月や星の方が明るいくらいなのだろう。

『いいなあ、そういうのって。どんな気持ちになるかしら』

そんなふうに思っているうちに、なんだかぼんやりしてきたので、心の中で遊び始めた。物語を組み立てる。

そうしていつも、もっと眠たくなるのだ。


コトン……コトン……。

各駅停車の列車はゆるやかに揺れる。

窓からの春の日差しはここちよく、つい、うとうととしたそのとき、

「ザッ……」

窓の外、広い草原の真ん中に、人が立っている映像が心に浮かんだ。

女の子が、薄紅色の着物を着ている。

ハッとしてその方向、女の子のいた場所を見ると、そこには細いまだ小さな桜の木が立っていた。

向こうの方に小さな田舎の集落がある。

その手前、村の入り口のあたりに、桜の木が一本、風に揺れながら立っているのだった。

まるで村全体を守っているみたいに。

ガタン、ゴー。

ハッとして目が覚めた。

列車がカーブにさしかかり、うとうとしていたわたしは倒れそうになったのだ。

でもすぐに、

『到着までには時間がある』

と思い、もう一度、椅子の背にもたれかかった。

ゴトン、ゴトン、ゴトン……。


わたしは草原に立っていた。

風が、どこまでも続く草の原をザーッと音を立てて波打たせ、わたしの綿の服をはためかせて、通り過ぎていく。

気持ちのよいそこをゆっくりと歩いた。

しばらく行くと、向こうに小さな細い木があるのが見えた。

『桜だ』

はっきりと見えなかったけれど、そうに違いないと思った。

近づいていくと、やはりそうだった。

まだ紅色の濃い、若いというよりも幼い桜の木だった。

花は三分咲きで、濃く紅いつぼみをたくさんつけている。これからつぼみが開いて花になっていくにつれて薄い紅色になるのだ。

足元の石がごろごろし、体勢をくずしそうになったので、気をとられた。立て直し、また前を見ると、

「あ！」

そこには桜の木ではなくて、小さな女の子が立っていた。

薄い紅色の浴衣のようなものを着ている。

肩までのやわらかな黒い髪。

それと同じ色の、黒目がちの瞳。

どこかで見たことがあるようなそのお顔。

こんにちは、とあいさつしようとすると、その子は瞬きをし、後ろを見た。

「あちら」

とでも言うみたいに。

わたしはその子の視線を追った。ここからはなにも見えないのだけれど、木々のずっと向こうの方に人の住んでいる感じがした。

「あちらに行けばよいのね」

と、その子に向き直ると、そこにはもう誰もいなかった。

最初見たとおり、細い小さな桜があって、ただ風が吹いているだけ。

さらさらさら。


コトン、コトン。

列車の揺れで、ハッと目が覚めた。

速度を落としている。どうやらもうじき着くらしい。

わたしは少しの手荷物を持ち、降りる支度をした。

気が付くと乗客はわたしだけになっていた。

「どこか途中の駅で停まったのだったかしら？」

やがて駅に着き、窓から外を見た。そこには、なにもない、ただ広い草の原に石を積んだだけの駅と、古い改札があるのが見えた。

無人の駅だ。

わたしが、タラップから外へ一歩踏み出そうとすると、

「ザーッ」

風が音を立てて、開いたドアから入ってきて、わたしをくるりと包み込み、開け放した後ろの窓から吹き抜けていった。

草の香りを残しながら。

ホームに降り、風に吹かれるままに歩く。

無人の改札口にある木の箱に切符を入れて駅を出ると、すぐ前に小型のバスが、停まっていた。

少し早歩きでそれに乗り込むと、バスはすぐに出発した。

まるでわたしを待っていてくれたみたい。

バスは走る。

しばらくすると細い道に入った。

山沿いに何度もゆるくカーブしながら走る。

ときおり外の木の枝が開けた窓にぶつかって音を立てた。
バサッ、バサッ。
こういうのも面白い。
やがて先に停留所が見えてきた。
バスは細い道の横にある小さなスペースに停まった。
停留所は古い木でできている。
丸い表示板には『郷の駅』と書かれていて、手書きの紙の時刻表が貼ってある。
バスは一日に二本。朝とお昼過ぎのみ。十時十五分と三時十五分。
これを逃すともうないのだ。
小さな停留所に椅子がふたつ置いてある。よく学校などにある、折りたためる椅子だ。
そのひとつには、小さな籠が置いてあり、
『無人の野菜屋さん
どれでも一つ百円です。お金は缶の中へ入れてください』

と、紙に書いて貼ってある。
でも今日はもう売れてしまったのか、空の籠だけだ。
もうひとつの椅子は、たぶんバスを待つ人のためのものだろう。
ちょっと座ってみようかな、と思いながら、ふと前を見ると……。

『里山研修はこちら』

向こうに、古い木で作られた矢印の案内があるのに気が付き、そちらへ歩いていった。

里山研修

気持ちのよい風の吹く山の道。

両側の木の葉がさらさらと風に揺れている。

新緑にはまだ早く、少し肌寒いけれど、とても気持ちがよい。

ときどき鳴く鳥の声。

やがて、学校が見えてきた。足元のやわらかい草を踏み、澄んだ風を感じ、空の青を見ながら歩く。

そして、すぐ前まで来た。

それはいつかの学校のようだった。

とてもよく似ていた。

錆びた門を手で押して開け、中に入り、草に覆われた草原のような校庭を横に見ながら、校舎に向かう。

大きなガラス戸は開いていて、スリッパも揃えて用意してあった。

床もきれいに掃いてある。わたしは、靴を脱いで上履きに履き替えて中へ入った。

あたりはと見回すと、廃校とはいっても丁寧に手入れがしてあり、きれいで、また今すぐにでも学校が始められそうなくらいだった。

もしかして今は授業中でみんなが教室にいるのではないかしら、と思えるくらいに。

そんなはずはないのだけれど。

きっと廃校になった校舎をいろいろと活用して、地域の活性化に役立てているのだろう。

左手の壁際に小さな木の台があり、その上に何枚かのプリントの束が置いてある。

『講座は、四年一組になります』

ひと束持って、教室へ向かった。

右側が一年生の教室。机や椅子が少し小さい。

左側には四年生の教室が続いている。一番手前が四年一組だ。

わたしは、後ろのドアから入り、教室の中を進んで、一番前の席に着いた。

まだ誰も来ていない。

すぐにでも始められるように、バッグからノートと筆箱、鉛筆を出して座って待っていると、やがて後ろのドアから、何人か入ってきた。

ぽつぽつと、全部で八人くらいの人が席に着いた。

みんな、プリントを机の上に置き、筆記の用意をしている。

プリントに目を通す。

里山ってなあに
森林のしくみ
里山の生き物、生態系保全の大切さ
身近な生き物、たぬきの生息地

郵便はがき

料金受取人払郵便

新宿局承認

6418

差出有効期間
2020・2・28
まで

（切手不要）

1608791

141

東京都新宿区新宿1－10－1

（株）文芸社

愛読者カード係 行

ふりがな お名前		明治　大正 昭和　平成　年生　歳	
ふりがな ご住所	□□□-□□□□	性別 男・女	
お電話 番　号	（書籍ご注文の際に必要です）	ご職業	
E-mail			
ご購読雑誌（複数可）		ご購読新聞 新聞	

最近読んでおもしろかった本や今後、とりあげてほしいテーマをお教えください。

ご自分の研究成果や経験、お考え等を出版してみたいというお気持ちはありますか。

ある　　ない　　内容・テーマ（　　　　　　）

現在完成した作品をお持ちですか。

ある　　ない　　ジャンル・原稿量（　　　　　　）

書　名				
お買上 書　店	都道 府県	市区 郡	書店名	書店
			ご購入日	年　月　日

本書をどこでお知りになりましたか?

1.書店店頭　2.知人にすすめられて　3.インターネット(サイト名　　　　)

4.DMハガキ　5.広告、記事を見て(新聞、雑誌名　　　　)

上の質問に関連して、ご購入の決め手となったのは?

1.タイトル　2.著者　3.内容　4.カバーデザイン　5.帯

その他ご自由にお書きください。

(　　　　)

本書についてのご意見、ご感想をお聞かせください。

①内容について

②カバー、タイトル、帯について

弊社Webサイトからもご意見、ご感想をお寄せいただけます。

ご協力ありがとうございました。

※お寄せいただいたご意見、ご感想は新聞広告等で匿名にて使わせていただくことがあります。

※お客様の個人情報は、小社からの連絡のみに使用します。社外に提供することは一切ありません。

■書籍のご注文は、お近くの書店または、ブックサービス(0120-29-9625)、セブンネットショッピング(http://7net.omni7.jp/)にお申し込み下さい。

自然を守るための知識と技術（守るのはあなた。そしてみんなで）
人、動物、植物、ともに生きる
あるべき里山の姿、これまでとこれから
自然の魅力を外に向けて発信する

試食会
干した柿を使ったお餅
冷凍銀杏のせんべい
びわのジャムのムース

『後ろの三行、楽しみだな』
口に出さずに思っていると、先生が前の入り口から入ってみえた。
大きな人で、なんだかもっそりとした、草のかたまりのような人だ。
丸いアンティークの、とろりとした飴細工のような、厚さが均一でないレンズの眼鏡をかけている。

どこにでもいそうな、あまり特徴のないお顔。それでいて、どんな雑踏の中にいてもすぐその人だとわかる、そんな感じの。

その人はすっと入ってきて、おじぎをし、講座が始まった。

みんな静かに聞いている。

プリントを読んで、それに従ってときどき黒板に付け足すように書き、わたしたちはそれを書き写す。


しばらくしていったん、中休みになり、用意していただいた食事のお弁当が並べられたのでそれを取りに行った。

そしてまた前方に座るとすぐに、少し離れた左横の席に男の人が来て、こちらを見て、軽くあいさつされたので、わたしもお返しした。

そういえばその人は、先ほどの列車に乗っていた人のように思えた。

茶色の少し毛羽立った背広、やわらかなシャツ。素朴な感じのその格好。

あのときの列車の中の人たちは、どの人もあまりよく覚えていないのだけれど、でもなぜか、会えばすぐにわかる、そんな気がした。

その男の人は座って、食事をすますと席を立ち、そのまま帰るようだった。

窓の外を見ると、校庭の端の方に桜が咲いていて、風に花が揺れ、舞っていた。その横には、黄色い葉の木があった。

「きれいだなあ」

と見とれていたのだけれど、空を見上げると向こうから薄く雲がかかってきていて、雨になりそうな気配だった。

わたしは急いで席を立ち、男の人を追いかけると、階段を下りようとしていたところだった。

「あの、雨が降りそうです。傘、お持ちですか?」

と声に出して言った。

そんなふうに知らない人に声をかけたことはないのだけれど、なぜかそこの教室の人たちはみんな「知り合い」のような気がしたのだった。

するとその人は、

「だいじょうぶですよ。家はすぐそこですから」

そう言ってにっこりした。

『ああそうか、やはりここの土地の人なのだ』

わたしがそう思っていると、その人は少し行きかけてから立ち止まり、

「あとから村の方へもいらしてください。よいところですよ。お礼も申し上げたいですし」

そうおっしゃった。

『お礼？』

わたしが首をかしげていると、その人は少し微笑んで、階段を下りていってしまった。

『お礼ってなにかな。わたし、なにかしたかしら？　でも村はよいところって言っておられたな。それはどんなところなのかしら。きっと素敵な場所に違いない。あとから行ってみようっと。楽しみ』

そんなふうにうれしく思いながら、わたしは教室に戻り、次の講座の準備をした。
鉛筆を、携帯用削り器で削り、ノートは次のページへ。
少しして、前のドアから女の人が入ってきた。
その人も丸い眼鏡をかけていた。薄紅色のふちどり、とろりとした飴色のレンズ。
草のつるで編んだような薄緑色のカーディガンに、ひざ丈くらいの桜色のスカート。
『懐かしい感じのするお洋服だ。わたしの母親世代が着ていたような』
その人は、黒板の前に立つと、薄い緑のチョークで書き始めた。

「今日は都合により、午後からの講座はお休みになります。
次に開かれるのは明後日以降になります。試食会もその時になります。
泊まられる方は、空いている教室を宿泊用にご用意いたします。
受付へお申し出ください」

教室内に数人いた人たちは、読み終わると同時に、パタンパタンとノートを閉じて片付けをし、教室から静かに出ていった。

わたしも、筆箱とノートとプリントをバッグにしまった。

『せっかく来たのだもの。最後まで受けたい。宿泊をしてみようかな。なんだか面白そうだ』

受付は、と見渡していると、

「こちらになります、どうぞ」

カーディガンの女性が、前のドアの向こうを手で示した。

わたしは軽く会釈をし、そちらへと向かった。

ドアのところで、カーディガンの人を見ると、まだわたしの方を見ていたので、わたしも目を見てもう一度会釈をした。

そのとき、

『どこかで会ったのだったかしら。やさしい目をしておられる』

ふとそんな考えが浮かんだけれど、よく思い出せないので、そのまま教室を出た。

ドアから少し進んだところに古い木の机が置いてあり、その上に、

『宿泊申請書』

と書いた紙があった。

ほかの人たちは、もう誰もいなかった。

『みんなどこへ行ったのかしら？　この村に知り合いの方がいて、そこに泊まるのかも。ご家族かな。いいなあ、こんなところに知り合いがいるなんて』

美しい山々に囲まれた、なにもない、でも十分にある、静かにゆったりと過ごせる、そんな村。

わたしは自分の名前と住所などを申請の用紙に書き込んだ。

最後の欄に、三行。


ご用意には少し時間がかかります。

四時ごろにまたおいでください。

そのころ、係の者がご案内します。

わたしは少し校庭へ出てみようと思った。

先ほどから、風がとても気持ちよくこちらに向かって吹いてきていた。

だから心はもうそちらの方へ向かっていた。


廊下は、窓が広く大きく横に長く、外の光がたくさん入ってきていて、とても美しかった。

窓はみんな真ん中に寄せてあり……つまり両側が開いていて、そこから風が入ってくるのだった。

桜が校庭の端のフェンスに沿って何本も何本も植えてある。

さらさらさらと風が校庭の草をなでる。

廊下を歩き、下駄箱で自分の靴に履き替え、外へ出た。

涼しい、少し冷たいくらいの空気の教室の中とは全く違う、暖かな光の量の多さ。

桜の木に向かって歩く。

さらさらさら。

風のわたる音がここちよい。

見上げると桜が三分咲きくらいに咲いている。

その向こう側にあるフェンスの外に、細い川がチロチロと音を立てながら流れている。

澄んだ水だ。透明度がとても高い。

光が当たって、きらきらと瞬いている。

そのずっと向こうに畑があり、そのさらに向こうに雑木林。木々の間から家々の屋根が見える。

『あのあたりが村なのだ。あとから行ってみよう』

桜の木の後ろにあるフェンスが少し錆びてやぶれ、めくれあがっていたので、そこからわたしは学校の外へ出た。

川の水の音はよりいっそう大きくなり、チロチロどころか、今は激しくザーザーと流れている。

魚もあわてて泳いでいるようだけれど、どうしても流されていってしまう。

川岸には、ハハコグサ、ジシバリ、黄色いたんぽぽ、白いたんぽぽが咲いている。

ニリンソウ、オオイヌノフグリ、紫色のすみれも美しい。

わたしは小さなころ、ヨメナが好きだった。

「でもあれは秋ね」

ぽつんとそう言い、

『そのころまた来よう』

ふふっ、とまた前を向いて歩く。

なんてきれいなのかしら、ここは。

ふと、なにか新聞で里山の記事を見たような気がしたのだけれど、あれはどこのことだったかしら。


鳥が鳴き、草原が揺れる。

チチチチ……。

さらさらさら。

ずっと歩いていたいと思った。

空を見て、風が草を渡り波のようになるのを見て、川沿いを歩き、田畑を散歩する。

そんなふうに、宿泊の用意ができるという時間ぎりぎりまで、遊んだ。

教室での宿泊

やがて、そろそろ戻らなければと学校へ向かった。

来た道と少し違う細い道を歩いた。ここでは行きとは違う白い花が細かくずっと続いていた。

その花を見ながら歩く。

ときおりガサッという音とともに鳥が飛び立つのを目で追い、そのまま空高く仰ぎながら歩いているうちに、やがて学校に着いた。

入り口の大きなガラスのドアは開け放されていた。

中に入り、下駄箱に靴を入れ上履きに履き替えた。

先ほどの教室へ行くと、座っていた机の上にプリントが置いてあった。

『四年四組においでください。用意ができております。どうぞそちらでお待ちになってください』

小さな鍵が添えられている。

今いるここは、四年一組なのだから、三つ前の教室ということになる。

わたしは机の上のプリントと鍵を持って、前のドアから廊下へ出た。

すぐ隣の、四年二組の教室のドアが開いていたので中を見ると、真ん中に机が寄せてあり、今回の里山研修のポスターや、チョーク、プリント、その他もろもろの道具が置いてあった。

なにかをするときの作業場になっているみたいだ。

そこを通り過ぎ、次の四年三組は、机が真ん中に五つほど寄せてあり、畳が三枚ほど立てかけてあった。

たぶん、まだこれから部屋を作るのだろう。

そして、四年四組。

白いドアが開けてあり、中を見ようとすると、なんともいえない懐かしい花の香りが、ふうっと漂ってきた。

木綿のカーテンが、開け放された窓からの風で大きく膨らんでいる。

黒板の横には、机がふたつ、テーブル代わりに置いてある。

その上にガラスの花瓶に入った沈丁花。

昔、祖母の家の庭に咲いていた。

その香りを風が運んできたのだ。

『夜眠るとき、窓をしめたら沈丁花の香りでいっぱいになる、きっと』

楽しみだ。

教室はきれいに掃除がしてあり、真ん中よりも少し窓寄りに、畳が六枚ほど敷いてあって、隅に布団がたたんで置いてあった。

そのそばまで行き、畳の上に手荷物を置いた。

上履きを脱いで上がろうとして、

「あ」

そうだ、講座は学校であるので、わたしは上履き用にバレエシューズを持ってきていたのだ。そしてそれを履いている。

そのことに今、気が付いた。


古い雑貨屋さんの奥で、薄くほこりをかぶって眠っていた白いバレエシューズ。

「大人用のください」

売れ残りの最後の一足で、とてもお値打ちだったのだ。


「小学生みたい」

くすっと笑って、バレエシューズを脱いで畳に上がり、座ってくつろいだ。

その日は、村の方が持ってきてくださった夕食のお弁当をいただいた。

校舎の近くに建てられた小さな木の家がお風呂場になっていて、浴槽は丸く、木でできていた。

窓にガラスはなく、パタンと閉じる木の蓋のようになっていて、つっかえ棒で開けてあり、向こう側の夜空が見えた。

そこで星や月を見ながらお湯に浸かった。

よい木の香りのする白い湯気。

月の手前を藍色の雲が、薄く裂いた綿飴のようにゆっくりと流れる。


教室に戻ると、黒板の前の木の机の上になにか置いてあった。見ると、細い小さな線香花火だった。マッチも添えてある。

これもまた懐かしい。小さなころ一番好きだった花火だ。今もだけれど。

手にとってみると、一本一本手作業でこよりにしてあり、細く、とてもやさしくきれいだった。

でも、わたしはこれが上手にできない。

火の粒を、どうしても落としてしまうのだ。

「あ、また落ちた」

いつも弟や母にそう言われてしまった。

少し悔しいけれど、でも大好きだった。

うまくいったときもときどきはあるけれど、そのときは誰も見ていなかったりして、がっかりしたのだった。

『明日、やろう』

そう思い、そのままそこに細く小さな束を置いた。

きっと今度は上手にできる、大人になったのだから。

その日は持ってきた本を少し読み、星を見ながら床についた。

そしてしばらく、布団の中で、仰向きになって天井を見ていた。

『古い学校だな。それにしてもなんて落ち着くのかしら。わたしが小さなころ通っていたのもこんな学校だった。懐かしいな』

ここで生徒は、熱心に学び、なにか実験をし、校庭で元気に遊び、わいわいと騒いだり、机に落書きをしたりして、先生に叱られ……。

これらがすべて過去のことになるのだと思うと、少し悲しくなった。

あのころわたしは、なにかの冊子に載っていた他の学校の生徒が書いた詩を読んで、『本当にそんなふうに、過去のこと、だなんて思うことがあるのかしら』

そう思った。

でも、どのようなことも、いつかは少しずつ過ぎていく。よいことも、そうでないことも、全部過去のことになるのだ。

『でも、いい。それでもまた進んでいけばよいのだもの』

青い教室の中。

あの天井の向こうには夜の空があり、星がチカチカと瞬いているのだ。

あの藍色はどこからくるのか、あれは宇宙から。

そうだ、宙《そら》の色が見えるのだ。

そう考えると不思議に安らいだ気持ちになった。

そのままじっと天井を見つめていると、夜の藍色の闇がもやのように現れて、ずっと向こうの月や星が見えるような感じがしてきた。


わたしは、目を閉じた。

瞳の向こうは宇宙の色が広がっていた。


夢の中で、わたしは、もやのような霧のような中を漂っていた。

薄い藍色に流れる切れ間から、ときどきさまざまな景色が映った。

ここはどこなのか。

考えてみてもよくわからない。

ぼんやりしていたのだけれど、だんだんと、頭がはっきりしてきた。

どちらが上なのか、下はどの方向か。

そう、わたしが空を漂っていると思っていたのは、実は下で、下の方に見えていたのが実は空だったのだ。

この今いるところは、たぶん水のような、流れている中。

その中から、わたしは外の景色を見上げていたのだ、空を。

月がにじんで見える。

とても美しい。


チチチ……。

鳥の声がする。

半身起き上がり、布団から出ると、部屋着のままバレエシューズを履いた。窓のところまで行き、カーテンを開けた。

水のような空の色だった。

薄い雲が流れている。その向こう側で太陽がほんのり明るくぽうっと照らしている。

よく見ると、粒になる寸前の霧のような細かい雨が、ヴェールのように景色全体を覆っている。

なにか外で動いた気がして、そちらを見ると、

「あ！　たぬき」

草原の向こうで、なにかもそもそしたものが動いたので、そうだと思ったのだけれど、すぐに、見間違えに気づいた。

「……じゃなかった、男の子だ」

小さな、たぶん三歳前くらいの。

草の間から、頭をちょこんと覗かせてこちらを見ている。

茶色のズボン、生成りのシャツ、髪の毛がもさもさしていて両側が少しはねているので、ちょうどたぬきの耳のように見えたのだった。

黒いまあるい目でくるくるとこちらを見ている。

頭の上には緑の葉っぱ。

「ふふっ、かわいいの」


トントントン。

ドアをノックする音がした。

「はい」

と返事をし、そちらまで行くと、昨日の薄い緑色のカーディガンを羽織った女の人が立っていた。

「おはようございます」

「おはようございます」とわたし。

「よく眠れましたか?」

「はい。疲れていたものですから」

その人はにっこりして、

「眠れたのですね。それはよかったです。今日はお休みですので、もしよろしければ村にもどうぞおいでください。宿泊するところもございますし、今夜は村でお泊まりになるのもよいかもしれません。それに、ほかのみなさんはこちらの方ばかりですので、また会われることになると思いますよ」

ああ、やはり、ここの方々ばかりだったのだ。

「よいところですね。とても美しい」

そう言うと、その人はまたにっこりして、

「はい、もっとよく見にいらしてくださいね」

そう言って、なにか用があるとかで、職員室の方へ行った。

わたしはその後ろ姿を少し見守っていたけれど、ふと先ほどの男の子のことを思い出し、どうしているかしらと、窓辺に見に行った。

でも、もうすでに姿が見えなくなっていて、草が揺れているだけだった。


「外へ行ってみよう、村の方へ」

わたしは動きやすい服に着替え、バッグはそのまま教室に置いて、とりあえず必要最低限なものだけを布袋にポンポンと入れ、それを持って下駄箱へ向かった。

運動靴に履き替えて、玄関の大きなガラスのドアを開ける。

外は水色。

霧の雨はもう止んでいた。

一歩出ると、三月のまだ少し肌寒い風がほんのり春の香りを運びながらザーッと吹いてきて、わたしを包み込み、体の中を通り抜け、廊下の開け放された窓から出ていった。

草原のような校庭をわたしはゆっくりと歩いた。

葉が足にひんやりここちよい。つる草がまとわりつく。遊ぼうと言っているみたい。

「うん、遊ぶよ。たくさんね」

そう呟いて、桜の後ろにあるフェンスのところまで歩いた。

昨日のやぶれたフェンスのところから外へ出ようと思った。

だって、普通の門から出るよりもその方が面白いもの。

やぶれた間からくぐり抜けたとき、少し服がひっかかった。まるでひっぱられているみたい。

「ほらね、やはりこちらの方がいい」

村の民家

川も今日は穏やかにチロチロと音を立てて流れている。

小さな魚も泳いでいる。

細い橋がかかっていたのでそれを渡ると、向こうにかすかに村の家々の屋根が見えてきた。

「きっとよいところに違いない」

草は流れる、風とともに。

木は花をつけかけ、鳥も鳴いている。

しばらく歩いていくと、看板があった。
『水の郷　入り口』
看板の斜め後ろに、ほかの木にまぎれて細い桜が一本立っていた。
あのときの桜となんだかよく似ていた。
その桜の数メートル先に、大きな桜が何本も何本も立っていた。
花はやっぱりこれも三分咲き。
みんなとても美しく咲いていた。
ああ、やはり一本だけではなかったのだ。たくさん立っていたのだ。
若いこの細い桜は村を守っているみたいに一番前で咲いている。
引き離すことはできないよね。
きっとずっと一緒にいたいと思うもの。

細い道を進む。
どんどん進む。

伸びている草をかき分ける。

「けもの道みたいだな。こういうのっていいよね」

雑草もみんな生きている。

やがて、人の気配がしてきた。

顔を上げ前を見ると、村だ。集落がある。

何軒も何軒も、合わせると結構たくさんの人が住んでいるらしい家々。

その中の一番レトロな感じの、細く美しい木戸のある家の前まで行こうと思った。

それは、昔の造りの、まるで幼い日に暮らしたわたしのあの家のようだった。

わたしは以前、文を書いている人の手前の家に住んでいたことがあるのだけれど、その少し前、もっと幼かったころ住んでいたのは、古い古い家だった。

そこに父母と祖母と、弟はまだ生まれていなくて、わたし……の計四人で暮らしていたのだ。

柱の傷はわたしの背を測ったときの印で、『ゆ』とあり、その上に何本も、わたしは自分で傷をつけた。

「おっきくなった」

と、にっこりして。


たまに夢に出てくる、広い草原、細い川、古い家々、近くのはげた朱い鳥居の神社、駄菓子屋さん。

「あ」

向こうに、雑貨を売っているらしき、なんだか見たことがあるような店があった。駄菓子も売っているかもしれない。

あとから見に行ってみよう。まだきっとやっていない、だって朝早いもの。

そんなふうに考えながら歩いていく。

先ほどの細い木戸の家の前に着いた。

道沿いにある小窓が開いていて、そこは台所みたいだった。

トントントントン。

包丁の音。白い湯気。お汁のにおい。

白い日本手ぬぐいを頭に巻いていて顔のところまでかかっている、和服姿の女の人が台所に立って、なにか作っている。

なんとなく見るとはなしに見ていると、視線に気が付いたのか、その人はわたしを見て、

「どうぞ、お入りください。そんなところで立っていないで。朝ご飯もできましたし」

と微笑んでそう言った。

「はい」

わたしは入り口へ回り、木の戸をガラガラと開けた。

そう、本当に不思議なことなのだけれど、初めて会った人にそんなふうにしたことはないのだけれど……。

でもそのとき、とても自然に中に入ることができた。

玄関の土間を行き、靴を脱いで木の上がりはなに上がった。

丸い食卓にはもうご飯の用意ができていた。

座布団のひとつ、白いカバーのかけてあるのが、たぶんわたしの場所だという気がしてそこに座った。

その人は、

「さあさあどうぞ。たくさん食べて」

そうやわらかく微笑みながら、次から次へとお盆に乗せておいしそうなものを運んでくださった。

雑穀のたくさん入ったご飯、ワカメやキノコなど具だくさんのお味噌汁、焼いた川魚、野菜の煮物、お漬物も添えてある。

「いただきます」

ふたりで手を合わせた。

その人は食事の合間に、ここの郷に昔から伝わるお話を聞かせてくれた。

森に誘い込んでどんどん奥へ連れていく、人を惑わすたぬきの子供。

その子たちはすっくと二本足で立って、いたずらが大好きで、まるで人間の子供のようなのだ、という話。

桜の木の近くに住んでいた薄紅色の着物を着た女の子が、知らないところに引っ越すことになった。

でも、やはりどうしても自分の生まれたところがよくて、抜け出して帰ろうとするのだけれど、道に迷いそうになってしまう。けれど、その子の着物の桜模様が花びらを落とし、道しるべにしていったので、無事帰ることができたのだ、というお話。

「でも、このお話には続きがあるの。女の子がいなくなったと引っ越し先のみんなは大騒ぎ。捜したけれど、見つからなかった。だってそれはそうよね。その女の子はもといた村で今もみんなで幸せに暮らしているのだもの」

小さなたぬきの子はみんなを守るために、大切な友だちからもらったおまじないの葉っぱを頭に乗せて、その友だちから教わった望みをかなえる呪文を練習する。そうしているうちに、いつしか本当に願いがかなえられるようになる。

場面を思い浮かべながら聞いていると、その女の人は、

「今日はここに泊まっていかれるといい。裏の畑でも作物がいろいろ採れて、たくさんごちそうもできますよ。食べていってくださいね。美しい場所もたくさんあるもの。あなたに見せてあげたい。きっと楽しいもの」

と言われるので、わたしはそうさせていただくことにした。


玄関のすぐ横にある、水飴のようにとろりとした大きなガラス窓の、外の景色のよく見える部屋に、「こちらにどうぞ」と通してくださった。

「少しお待ちくださいね。裏の畑に行って、なにか果物を採ってきます。とれたて、おいしいんですよ」

「はい」

と返事をし、わたしは荷物を置き、少し落ち着くと、自分も外へ出てみようと思い土間へ向かった。

その前になにかお手伝いすることはないかしらと、台所を覗いてみたのだけれど、洗い物はすでにすませてあり、お茶碗もきれいにうつぶせにしてあった。

わたしは運動靴を履き、外へ出た。

家のすぐわきに川が流れていて、その水は青くどこまでも澄んでいた。

川の中を覗くと、ずっと奥に水と同じ色の空が見えた。

縁の方に木も見えた。

家もある。

草や木の葉が風にそよいでいた。

まるで水の中に村があるみたいだ。

「向こうの方が青く鮮明に見える」

それはたぶん、水の透明度が高いから。


ふとあたりを見回すと、どの家の中からも、少しずつ音が聞こえてきた。

包丁の音、食器をカチャカチャ並べる音。

お鍋から立ち上る湯気の音、シュッシュッと鰹節を削るような音。

みんな、起き出したのだ。

二軒向こうの窓から子供が顔を覗かせている。朝、教室の窓から見た男の子よりも少し大きい。ぼさぼさの頭、まだ寝起きの顔でぼーっとしている。

「おはよう」

とあいさつすると、その子はぽそっと、

「おはよう」

と、返してくれた。

頭の横上のあたりが少し天然がかっていて、くるんとはねて、まるで耳みたい。先ほどの子の兄かもしれない。そういえば顔立ちもよく似ている。

かわいいな。

白い馬

『さて、どうしようかな、このあと。さっき見えたお店は、きっとまだやっていないでしょうし、草原に行こうかな。学校からこの村へ来る途中で、少し小高くなっている山の裏手のちょうどあのあたりにあったもの。草の原っぱって大好き』

歩いてきたときに少し見えたのだけど、それはとてもきれいだった。

わたしはお店の前の道を通り過ぎるときに横目で見ながら歩いた。駄菓子屋さんだった。

『あとから来ようっと』

少し上り坂になっている、山に向かって歩く。

村の中を通り抜け、木々の間の道を行き、三十分ほど行くと、突然、目の前に広がる草原。

木々に囲まれた草原だ。ところどころがきらきらと光っている。

なんだろうと近づいてみると。

「水たまり」

そこに、朝の光が反射して光っているのだった。

そちらにも、あちらにも、もっと向こうにも、いくつもいくつも水たまりがあって、光っている。

なんてきれいな光景かしらと見ていると、向こうの木の間から、白い馬が姿を現した。

馬は草原に入るとたてがみをなびかせながら、走った。

朝日の中、一頭の馬は真っ白く走る。

とても気持ちがよさそうで、見とれていると、人の声がして、馬はそちらを向いた。

そして、もう一度、草原の方を振り返り、もう少し走りたそうにしたのだけれど、声のした方へ行ってしまった。

ずっと向こうにある木のさらに向こうに、白い服を着た男の人がふたりいて、そのうちのひとりが馬の手綱を持ち、もうひとりがこちらを見た。

ここからでは遠すぎて、どんな人なのかよくわからない。

やがて、馬とその人たちは木々の中へ消えていった。

あとにはわたしだけが草原の入り口にぽつんと立っていた。

「明日、もっと早く来よう」

来た道を戻っていくうちに、太陽が少しずつ高くなっていき、あたりが活気づいてきた。

「そろそろ果物あるのかな？　いちごかしら、なにかな、楽しみ」

と声に出して言いながら、わたしの心の中は、草原の真ん中を走るあの真っ白な馬の姿が、映像みたいに流れていた。歩いている間中ずっと。


わたしには小さなころ、ときどき見る夢があった。

それは、山に囲まれた美しい草の原で気持ちよく風に吹かれていると、ふと向こうの木々の合間から白い馬が現れる夢だ。

真っ白なたてがみをなびかせて、馬は走る。

風で波打つ草原を、海を渡るように駆けていく。

楽しそうに飛ぶように走る。

それを最初わたしは、遠くの方で見ていたのだけれど、そのうちに少しずつ近くになり、気が付くと、馬の背に乗っていた。

その馬は草原を越え、村を越え、いつのまにか、どんどん先へ走っていくのだ。

わたしは背に乗り、後ろにビュンビュン通り過ぎる景色を見て、とても気持ちがよかった。

そしてそこで目が覚める、いつもそう。毎回同じ景色。

『あそこはいったいどこだったのかしら』

ずっとそう思っていた。


あの夢の場所は、もしかして、ここ。

集落に着くと、早朝とは違い、人がまばらに外に出ていたりして、眠りから覚めた世界みたいに生き生きとしていた。

あちらこちらの畑には、朝ご飯のお汁やおひたしにするのか、葉物を採っている人たちがいる。

わたしはお世話になっている家の前に着くと、今朝見た細い川を見た。

その中は青く青く澄んでいて、遠くに空があり、雲が白く浮かんでいた。

その空をたどっていくと、きっとその先には、草原があり、あの白い馬が走っているのだ。

心の中の映像と水の中の景色が重なったときに、家の中から声がかかった。

「ああ、帰ってこられたんですね。どうぞ、採ってきましたよ。いちごと、今日はトマトも赤くよいのが採れて。今洗ったところです。そのままでどうぞ。そちらで手を洗われるとよいですよ」

土間の奥に石でできた縦長の水場があり、わたしはそこで手を洗った。

「冷たい水。山からくるのかしら」

きれいに洗って、横にかけてあるやわらかな白いタオルで拭いて、板間に上がる。

昨日の白いカバーの座布団に座り、持ってきてくれたお盆の上のものをいただき、テーブルに置いた。

水気を含んだ小さく丸い赤いトマトと、しっとりいちご。

やがて、その人も前の席に座った。

ふと、ずっと以前にあったような情景だな、という気がしたけれど、そんなことはないよね、たぶん。

だって初めてここへ来たのだもの。

ふたり、手を合わせ、

「いただきます」

「いただきます」

ちらっと見ると……その人は頭に白い日本手ぬぐいを巻いていて顔もふわりと隠れ

ていてよくは見えないのだけれど、でもうれしそうに手を合わせている。

こんなふうに、以前は家族とよく一緒に食事をしたものだ。
両親やみんなで囲む食卓、それはなにものにも代えがたいものだった。
亡くしてみて、初めてわかる。
それは当たり前のことだと、ずっと自然に過ごしてきた。
どんなに大切で大きかったか。

『なんだか家族みたいだな』
この家……、ずっと昔見たことがあるようなこの丸い木の古いテーブル。
あの柱についている傷も、わたしが以前住んでいた家の柱の傷ととてもよく似ている。
古く大きな振り子の時計を母がよくネジを巻いていた。
今まで何度か引っ越しをしたのだけれど、その最初の方で、わたしがとても小さかったころ住んでいた家に、似ている気がする。

もっとも、まだ物心ついたばかりのころのことなので、はっきりとは覚えてはいないのだけれど。

あのときは四人だったな。


にっこり微笑んで、ほおばる。とてもやさしい甘さのいちごと、フルーツかしらと思えるくらいおいしい小さなトマト。

器にたくさんあったのに全部いただいた。

やがて、

「ごちそうさまでした」

とその人は先に席を立ち、洗い物に取りかかった。

わたしも手伝おうとしたら「拭く方をお願いします」と言われたので、横に並んで白いふきんで拭き始めた。

ずっと昔、こんなふうにした記憶があるのだけれど、あれはどこでだったか、いつのことだったか。

『ああ、そうだ、あのとき隣にいたのは母だ』

と、ぼんやり考えていると、

「草原の方へ行かれたのですか」

とその人に聞かれた。

「はい」と言い、突然現れた白い馬のことを話すと、

「ああ、あなた、見られたのですね。それはよかった。最近ではめったに会うことはないのですけれど。普段あの馬は、もっとずっと山の上の奥にいるようです。とても美しいでしょう」

山の奥の細い石の階段を上っていくと、神社があり、そのお社の守人たちと暮らしていたのだそうだ。

でも、みんな少しずつ里に下りてきて、今はもう誰も住んでいない。

馬だけがしばらく神社のあたりに留まっていたようだけれど、やがて、もっとずっと奥の高いところに移っていったのだという。

そこに人が今も残っているのか、そうでないのか、よくわからないそう。

馬はときどき下りてきて草原を走っているようだ。

お社守の子孫は何日かに一度お供え物をしたり、お花の水を替えたり、掃除をしたり……、そんなふうなことを交代でやっている、と言われた。

『あのとき見た白い衣の人たちは、もと守人の方たちかしら』

「美しかったでしょう、白い馬」

という問いに、

「はい」

と答えると、その人は静かに微笑んだ。

もしかしたらこの人は、山の上で暮らしていた方々の子孫のひとりなのかもしれないと、ふと思った。

子供たち

カチャカチャと片付けを終えて、ふと窓の外を見ると、先ほどの男の子が畑の端のところからこちらを見ているのに気が付いた。

「ああ、気に入られたみたいね、あなた。あの子、なかなかあんなふうに人を見たりはしないんですよ」

わたしはにっこりして「少し出てきます」と言い、表に回った。

「ああ、そうそう、早生のびわも採ってきましたから、洗っておきますね。またあとからいただきましょうね」

後ろから声がしたので、

「はい、ありがとうございます。びわ、大好きなんです」と答えると、

「それはよかった。いってらっしゃい」

と、その人はにっこりした。

そうだ、小さなころからずっと好きだった。

うれしいな、とれたて、とれたて。

びわ、おいしいもの。


畑の手前に先ほどの男の子が待っていた。

ひとりだと思ったら、あちらにもこちらにも、葉のかげに何人もいる、いる。

みんな、もっさりとした茶色系の短いズボンを履いて、白い綿の気持ちよさそうなシャツを着て、こちらを見ている。

女の子たちもいる。

話しかけようとして気が付いた。

みんな、鼻の頭が少し黒くなっているのだ。

『どこかで遊んでいて、汚れた手で鼻をこすったのかしら？　へへん、とか言ったりして』

あちこちすりきれて傷んだ、少し毛羽立った服。あの色は同じ草や木から染めたのかしら。なんだかぬいぐるみみたい。

ひざこぞうには、すり傷。

くるくるした黒い瞳。

やんちゃそうなその様子に、思わず、「くすっ」と微笑みたくなる。

『汚してきたのね』

最初に、わたしは一番近くにいた頭に葉っぱを乗せた小さな男の子に声をかけた。

「ちょっと待っててね」

そして、ポケットからハンカチを出して、

「少しごめんなさいね」

と拭いてあげた。

こしこしこし。

「あれ？　とれない」

きゅっきゅっきゅっ。

「とれないな。もしかしたら、もともとからあったものなのかしら？　でも、まあ、かわいいからいいや、このままでも」

と、あきらめてハンカチをしまった。

その子は、きょとんとした顔をして、こちらを向いている。

『どうして拭かれたのかな、ぼくの鼻』

と思っているみたいだった。

気をとりなおしたように、その子はポケットから、なにやらもさもさした布のかたまりを取り出し、それを手で整えて、前に出した。

それは帽子みたいだった。

その子は、頭に乗っている葉っぱを手で取ると、帽子を被り、その上に葉っぱをちょんっと乗せた。

そして、少し得意そうにした。

『どうしても葉っぱは一番上に乗せたいのね』

ふふっと笑うと、その子も微笑んだ。

隣にいた先ほど窓から顔を覗かせていた、その子のお兄さんらしき子が、

「お母さんが作ってくれたんだよ。おそろいの服もあるんだ。もうこれで今年の冬は寒くないよって」

今年の冬は、というところになぜかわたしは少しちくんと痛みを感じた気がした。

でも、思いなおし、みんなの方を向いた。

講座の延期

「あの、もし」

声がしたので振り向くと、宿の方《かた》が立っていた。

「ここに、おいでになったんですね。今、学校から来られた方の伝言で、講座の開催が少し延びることになったそうです。なんでも先生の都合だそうで」

『延びる？　どうしよう、着替えもそんなに持ってこなかったし。でもまあ、洗って乾かして、そう過ごせばいいか』

と考えていると、後ろから眼鏡をかけた女の人が現れた。

「このままこちらのお家にお泊まりくださってもよいそうですよ。ほかにいくつか宿もありますし、そちらでも。学校の方でもよいです。ご迷惑をおかけしてしまい、申し訳ございません。費用のことなどは、どうぞご心配なく」

やさしそうな、そのお顔。

『あ、そうだ』

この人は、講座のとき、薄い緑色のカーディガンを羽織っていた方だ。

今日は薄い紅色のシャツを濃淡で重ねて着ている。

細く白いお顔。

穏やかな瞳。

遠い昔どこかで会ったことがあるような。

水飴のようなとろりとした眼鏡。

自然のもので身の回りの物を作られるのかな、と思った。

「うちに泊まっていらしてくださいね、そのままどうぞ。いろいろお作りします」

泊めてくださる方がそう言われたのが、わたしにはうれしかった。

「はい。ありがとうございます」


しばらくいてもよいとのこと。

よかった。なんだかうれしい。

ここはきれいだし、人もあたたかく何だか懐かしくて落ち着けそうだ。


講座の人は、わたしがそう考えていることがわかられたみたいで、にっこりうなずいて向こうへ行かれた。

先ほどの葉っぱを乗っけた小さな子と少し大きめの子も、その人の後を追うように、とっとっとっとっとついていった。

近くなのかな?

ほかの子たちもそれぞれに帰っていった。

きっとご飯を食べに行ったのだろう。

わたしも泊まる家に向かった。

びわのこと、考えながら。


風に吹かれ、さらさらと音を立てる葉の音を聞きながら、気持ちよく歩いて家に帰った。

戸口から中に入る手前で、ふと家の前の細い川を見ると、先ほどよりも少し陰っていて、色が深くなっていた。

でも透明度がとても高く、青く澄んで奥まで見えた。

細く底の浅い川のはずなのに、どこまでも中に入っていけそうだ。

底にある空は、ずっと遠くに見え、不思議な感じがした。

つと向きを戻し、家に入る。

するとテーブルの上には洗い立てのびわが置いてあった。水を含んでいて、とてもおいしそうだ。

水場で手を洗い、かけてあったやわらかなタオルで拭いて板間に上がる。

誰もいない。

わたしだけだ。

先ほどのこの家の方はどうされたのだろう？

畑になにか採りに行かれたのかしら。

でもまあ、と、びわをいただくことにした。

小皿の上に置かれた三つのびわ。

横に湿らせたタオルが置いてある。

これで手を拭くのだろう。

ひとつ取り、丁寧に皮をむいて、食べる。

冷たくてとてもおいしい。
もうひとつ取る。むいて、食べる。
先ほどのよりも少しうれていて、さらに甘い。
最後は少し小ぶりで薄いグリーン色、あの人のカーディガンと同じ色だ。
これは少し早いのかな、ほんのり木の香りがする。
それもまたいい。少し青いくらいの果物の方がわたしは好きだ。
全部いただいて、手を軽く拭き、皮は台所の流しのゴミ用袋に入れ、小皿を洗った。
最後に手を拭き、自分の部屋に戻った。

わたしも、また外へ行こうかなと思った。
そのときふっと、あの白い馬のことを思い出した。
夢にときどき出てくる……でもそれは実際にいた馬だった。
『きっとなにか意味があるのではないかな。予兆か、そんなふうなことではないかな』

そう思ったのだった。

わたしは、ゆるい服から、いつもの動きやすいコットンの白いパンツと薄い長袖のシャツ、さらにもう一枚、少し厚手のシャツに着替えた。

運動靴を履いて玄関から出たところで、細く流れる川を見た。

青い色だ。

静かに澄んでいる。

覗き込むと、もっと向こう側が透けて見えそうなくらいだ。

高いところに空がある。

それは今いるここの空が映っているのか、それとも、水の中の世界、ずっと向こうの空が見えているのか。

どちらなのかよくわからないけれど、とても美しかった。

山の神社

つと山の方へ向かい、歩き始めた。

家々を見ながら通り過ぎ、駄菓子屋さんの前を過ぎようとしたとき、ふと裏の方を見ると、

「あ、ねこやなぎ」

まだ開いていない花穂をたくさんつけた木があった。

わたしは近づいて，少しむいてみた。

すると中から、猫の背中のような、すべすべの白い綿毛が、ほっこりした小さなしっぽみたいに出てきた。

わたしはこれがとても好きなのだった。

自然につぼみから現れたものは、ふわふわだけれどあまり白くない。けれど、まだつぼみの中に入っている状態のときに手でむくと、つやつやしたビロードのような真っ白い綿毛が出てくるのだ。

それがとてもきれいでかわいらしい。

二十個ほどむいて、木に白い花を咲かせると、ほぼ満足できたので、もとに向きを変え、山に通ずる細い道に入っていった。

少し歩いていくと、だんだんと草がもさもさとし始めた。このあたりはあまり人が入らないようだ。

石の階段が向こうにある。

その両脇に立っている木々が少し内側に曲がっていて、ずっと連なっている。まるでトンネルみたいに。

隙間に苔の生えた石の段を上っていく。

しばらく行くと、つたや苔でおおわれた、木の鳥居が見えてきた。

古く、ところどころささくれだっている。

その上の方に鳥がとまっている。

横には、草のかたまりを置いただけのような巣も見える。


鳥居の向こうにも階段はずっと続いていて、長く長く上へ延びている。

雨の日などは、ふっと、なにか小さな女の子や、男の子、もののけのような変わったもの……が出てきそうな、そんな感じがする。

石段の途中に、小さな祠があった。

古い紫色の幕がかけてあって両側に開かれ、花が飾られている。

ねこやなぎの枝だ。

折り紙で千羽鶴を折ったものもある。

「誰かここまできて花を活けていったのだ」

そういえば、来る途中、誰も来ないから伸び放題かと思ったら、ところどころ踏んだあとのように草が倒れていた。

このあたりは、足元の草もある程度刈ってあり、歩きやすくなっている。

たぶんもうすぐだ。もうじきどこかに着くのだ。

祠の前で手を合わせてお祈りをし、また進む。

歩いていくと、両側の木々が幾重にも層になってゆっくりと動き、とてもきれいだ。


涼しい風。風の音。

くすくす。子供の声。

でも振り向くと誰もいない。

わたしはまた歩く。

声……声の方向……方向には誰かがいるはずなのに。

石の段を見ながら踏みしめて歩いていて、ふと顔を上げると前方に白い馬が立っていた。

それは静かにこちらを見ている。

しばらく見つめ合ったあと、馬はくるっと向きを変え、行ってしまおうとした。

そうだ、もうあそこは階段のてっぺんなのだ。

わたしは急いで上るのだけれど、馬の脚には追いつけない。
ようやく上りきったところは、山の中腹あたりにある開けた土地だった。
向こうに古い木でできた神社がある。
人のいたらしいお社。
いたらしい、というのは、
「今はいない」
そう感じたから。
でもきっと、そんなに遠くなく、近くにいる。
そんな気がした。
花も活けてあったし、道も歩きやすくなっているし。
あまり全部わからなくとも今はそれでいいかな。
そう思いながら、境内を歩いた。
お社の裏手へ回ると奥に細い道があり、さらに上へと続いている。
立ち並ぶ木々の間にあるので、薄暗く、先はどうなっているのか、どこまで続いているのか、よくわからない。

ここにいた方たちの何人かは、もしかしたら奥へ行かれたのかしら？

それとも全員、ふもとに下りたのかしら。

ううん、案外近くにいたりして。

ふとそう思った。


表へ戻ると、横手のところに竹の箒が立てかけてあった。

箒で掃いたあとがきれいについている。

つい今しがたまで、そこにいたみたいだ。

誰もいないけれど、誰かが見ているような、少し落ち着かないような……でも、初めて来たところなのに、どこか心が安まる。

少し歩いていて、空を見上げると、水のような色だった。

水分を含んだみたいな風が吹いてくる。

雨が降ってきそうな感じだった。

そろそろ村へ戻ろうかな、と思い、神社に向かって、

「また、来ます」

と、おじぎをして、階段へ向かおうとした。

そのとき、風が吹いてきて、なにか、誰かが見ているような感じがした。

すぐに振り向いたけれど、そこには誰もいない。ただ風が吹き、木々が揺れているだけだった。


階段を下りていくときに、お地蔵さまがあった。

布の前掛けは新しくきれいになっていた。定期的に洗濯をするか、新しいのと取り替えるか、しているのだろう。

手を合わせてよく見ると、やさしい顔立ちで佇んでいる。

「どこかで会ったことがあるようなお顔だな」

お地蔵さまの前掛けは紫色の花模様だった。
横に、ヨメナとよく似た薄紫色の花が咲いていた。
よく見ると、あちらにもこちらにも、草の中にお地蔵さまが立っている。
来るときには気が付かなかったけれど、たくさん立っている。
「これだったらさみしくないよね」
木々と草に囲まれた山の中腹に、ぽつん、ぽつん、ぽつん、と古い石の像。
それはとても自然で美しい光景だった。

『また、来よう』

風が吹いた。
わたしがなにか思ったり、語りかけたり、一歩踏み出したりするたび、風が吹く。
階段を静かに下りる、一段一段。

ようやく向こうに村が見えてきた。

ここから一望できるのだ。

村全体が山に囲まれている。

みんなが静かに暮らしているのだ。

この、少し泣きたくなるようなもの哀しさ、寄せる波のように少しざわざわとして、でも落ち着くこの感じ。

わたしはここをとても愛しているのだ。

初めて来たはずなのに、なぜだかとても懐かしい。


ふもとに下りていくと、村はすっかり活気づいていた。

家々の台所から白い湯気が出ていて、包丁の音、鍋の煮えるよい香りがする。畑にも人が出ていて、葉物や果物を採っている。

朝の食卓に並べるのだろう。

採れたてっていいなあと思う。

祈りの記憶

家に着いたので中へ入ると、家の人はまだ帰っていなかった。

畑で作業をしているのかもしれない。

自分が泊まる部屋の手前に古い本棚があるのに気が付いた。

一冊手に取ってみる。

古い本ばかりだ。

少し読みづらい昔の文章。

昔、母の本棚の奥から一冊の本を取り出してきたことがある。

あのときは、読みづらくてすぐに返してしまったけれど、大人になったら少しは読めるかな、と思った。

ページをめくっていくうちに、少しずつ物語の中に入っていった。

座り込んで読んでいると、
ぽつん、ぽつん。

さぁー。

音を立てて雨が降ってきた。

よい音。

家は古く、いろいろなものが置いてある。

タンスの隅は少し薄暗くなっていて、なにかが潜んでいそう。

あの屋根裏も、古い服が衣装ケースの中に入っていて、美しい調度品や古い道具類などが、きっとたくさんしまい込まれているのだろう。

その日は一日、家の中や、周りを歩いて過ごした。

家の近くには、何か所かに細い川が流れているのだけれど、中を覗くと、青、少し薄い青緑、少しあおざめた蒼、そのどれもが色が違っていて、別の景色が映って見えた。

なんだかいくつもいくつも世界があるみたいだった。
水の中へ入っていったら、中はいったいどのような感じになっているのかな。

お昼になって、家の人が帰ってきて、ご飯を作ってくれた。
山で採れた山菜と豆の煮物、焼いた川魚、お汁。
ゆったりと過ごした。
雨が降っている。
それもまたいい。
夜まで降っているかしら、そうだったらいいな。
子守歌になるのだもの。

雨は降ったままだ。
夜中もずっと。
その音を聞きながら目を閉じたら、こんな夢を見た。

とはいっても、幼いころ母が言っていたことを思い出しながら眠ったら、その記憶がそのまま夢の中に出てきたのだった。

それは、父が入院していたころのこと。

何年も治らなくて、やがていよいよもう……というときに、ドアをノックしてきた人たちがいたそうだ。

母が扉を開けると、

「遠い親戚のものです」

と言って、ふたりの白装束の人たちが立っていたとのこと。

父の親戚という人たちを、母はそのとき初めて見たそうだ。

普通、みなは結婚式に親戚をたくさん招待するのだけれど、父は、父の母と妹しか呼ばず、あとは学校（仕事）関係の方々（友人）だけだったとのこと。

「そういえばあの人のことはよく知らない。聞こうという気持ちがなぜか浮かばなかった」

と母。

そのとき、わたしはなんだか不思議な気がした。でも、うなずける感じもした。父はそういう人なのだもの。

その白装束の人たちは、父のベッドのそばに来てなにやら、呪文のようなものを唱え出した。地の底から湧き上がってくるような声というより音のような声を出し、しばらく手と体で舞うようにして祈っていたが、やがて、ぷつっと止め、

「遅い、遅すぎた」

そう言って病室から出ていったそうだ。

あっけにとられたけれど、すぐにハッと我に返って、ドアを開け、追おうとした母。でももうどこにも、その人たちの姿は見えなかったとのこと。

父の親戚という人たちに会ったのは、それが最初で最後なのだそう。

いったい、父はどこから来た人だったのだろうか。

父は、その数日後に息をひきとったそう。

わたしを、

「自分にそっくりな子だ」

と、とてもかわいがってくれた父。

わたしのことをいつか迎えに来てくれる人は父かもしれない。


その白装束の人たちは、いつかわたしのことも見つけて会いに来てくれることがあるのだろうか。

そのとき、そう思った。

そしてそれは、今も心のどこかにあり、わたしは彼らを待っている、気がする。


夢は、その記憶の続きのようだった。

病室でのお祈りのあと、その人たちは、山の奥にある細い石の階段をどんどん上っていくので、わたしはあとを追った。

どこまでも続くと思われたその階段もやがて頂上に着き、古い木の鳥居をくぐり、その奥にある神社のような建物の中に、その人たちは消えていった。

そこは、今とは違い、栄えていて、人がいるらしい気配がし、きれいになっていた。
わたしはこの先に進もうかどうしようかと迷っていた。
わざわざ病室まで、わたしの父たったひとりのために来てくれたのだもの。
父は、彼らにとって大切で特別な存在だったに違いない。
父にそっくりと言われたわたし。
『もしも父の代わりに連れていかれたらどうしよう、でもそれもまたいいか』
とか、そんなふうにも少し思った。
そしてそのままふっと目が覚めかけた、そのとき、
『いつもそばにいる』
そんな感じがした。

雨の音が聞こえる。ずっと降っている。
布団ごと水の中をゆらゆらと揺れている感じがした。
『もう一度眠ろう。朝にはまだ早いもの』

すぐにすうっと眠りに入りかけたそのとき、薄く白い線が文字のように現れた。

それは、ゆらゆらと揺れて水文字になった。

水、水仙、水田、水玉、水飴……あ、おいしそう……、水瓶、増水、放水、水鏡。

そして、消えた。

一緒に遊ぼう

朝になっても、夜の続きの雨がずっと降っていた。

身支度を調え、ふと考える。

そういえば、陰暦で六月のことを「水無月」というけれど、初めて聞いたときにわたしは、「雨の水でお月さまが見えなくなる月」というふうにとらえ、なんて美しい呼び名なのかしらと、感動したことがある。

でも本当は、確か「水の月」というふうなことだったと思うのだけれど。

そんなことを考えながら、天の上から落ちてくる雨の粒が作った水たまりに落ちる音を聞いている。

窓をつたう、水飴のようなとろりとした雨のしずく。

きれいだなあと見とれながら。

『なんて落ち着くのかしら』

こんな日には家の中にいるのが一番。

水の感じが家に伝わり、それがわたしに伝わってきて、まるで水の中に立っているみたい、自然と一体になれる。


朝、ご飯をすませ、薄い青グレーの濃淡の景色と同じ気持ちになって、窓から外を見ていると、向こうから、誰か小さな子が、走ってくるのが見えた。

タッタッタッ。

昨日の男の子だ。今日も頭に葉っぱを乗せている。

雨で濡れないようにか、それとも落とさないためにか、小さな手で頭の上を気にしながら走ってくる。

軒下に入り、パッパッと雨の水を払うと、土間に入ってきた。

わたしは入り口のすぐ近くの部屋なので、その様子がとてもよくわかる、見なくとも。

その子は靴を脱いで、板間に上がった。

部屋の戸は開けてあったので、すぐわたしを見つけると、目で微笑んでこちらに近づいてきた。

見ると、少し水の粒はついているけれど、あまり濡れていない。

『よほど、上手に駆けてきたのね。雨粒と雨粒の間をくぐってきたのかしら』

そう思って見ていると、その子は、茶色いズボンの右ポケットに手を入れて、ごそごそとなにか取り出し、それを手に乗せるとこちらに差し出した。

「はい」

「ありがとう」

『なにかな』

わたしは受け取り、包み紙を開けてみると、香ばしい香りを立てて、均一でない、不ぞろいの、丸とは言えない丸の、おいしそうな焼き菓子。

「おせんべい？」

こくんとうなずいて、

「おかあさんが作ってくれたの。できたてだよ。とってもおいしいの。銀杏が入っていてね、ほら、ここのとこ」

小さな指先でちょんと差し、

「丸いでしょう。これね、去年の秋に採れた、銀杏の干したものなの」

ぺしゃんこになった大きめの薄切り銀杏が、真ん中にぺたんとくっついている。

「ほんとだ。まぁるくってかわいいね。それにおいしそう。いただいてもいいの？」

男の子はこくんとうなずいて、少し照れた。

そして、左のポケットから、紙に包まれたもう一枚を取り出すと、

「一緒に食べようと思って」

と、にこっと笑う。

「今、お茶を入れるね」

わたしはテーブルの上に置いてあった急須に茶葉を入れ、ポットの湯を注ぎ、湯呑についだ。

「はいどうぞ」

ふたりは両手でおせんべいを持ち、ぱりぱりと食べた。

炒った銀杏の香ばしい香りがして、とてもおいしかった。

すると今度は、もう一度左のポケットから、また別の紙にくるんだものをごそごそと出した。

前で広げると、

「ふきのとう……の砂糖漬け?」

こくんとうなずいて、わたしにも取れるように真ん中に置いてくれた。

ひとつつまんで食べてみると、甘ぁい砂糖と、少し苦いふきのとうの香りが、ふわぁんと口の中に広がった。

とってもおいしくって、すぐになくなってしまった。

「おいしかったね」

ふたりで、ほっこりしていると、男の子が言った。

「あのね、今日、学校にね、いろいろな道具が届くんだよ。メトロノーム、トライアングルも。前にあったのは壊れてしまったの。だから新しいのが届くの。ぼく、メトロノームもトライアングルも大好きさ。なんだか不思議なんだもの。頭がキーンとなってね。誰もいないとき鳴らしてみようかな。ほかにもいろいろ備品が届くんだって。もうすぐ着くって。古くなると外で買って持ってくるんだよ。今日のようなこんな風のない穏やかな日に山道を運び入れるの」

風のない日に山道だから危ないからかな、と考えていると、窓の向こうからお兄さんが顔を覗かせた。

なにか言いたそうにしている。それを見て、

「あ、ぼく、忘れ物してきたんだった。お兄さんが一緒に行ってくれるって。ここの畑の奥だよ。ちょっと取りに行ってくるね。またあとでね」

そう言って葉っぱの子は、あわてて飛び出していった。

お兄さんはまだじっとこちらを見つめている。

『なにかな？』

と首をかしげていると、きゅっと口を結んで、タッタッタッ、と近づいてきた。

「あのね、もうすぐお祭りがあるんだよ。『祈年の祭り』って言ってね、その年の豊穣をお祈りするんだって。厄除けの意味もあるって。学校の校庭で、月と星と花明かりだけで行うんだよ。草餅をお供えしてね。お祈りがすんだらみんなで分けるんだよ。とってもおいしいの。ぼくや小さい子たちは、お祭りの朝早くカタクリの花を取りに行くんだよ。よもぎを取ってもいいの。お祭りのごちそうに使うの。誰が一番たくさんとれるか競争なんだよ」

『一緒に行く？』と目が聞いている。

わたしがうなずくと、うれしそうに、

「よかった。花はね、おひたしにしたり、お祭りで花瓶に挿して飾ったりもするの。よもぎはよもぎ餅だよ。大人たちは、たけのこご飯や、タラの芽の天ぷらを作るの。

つくしは酢の物にするとピンクになってきれいなの。ぜんまいに少しみりんとしょうゆかけたのや、たくさんほかにも出るんだよ。みんなでね、月を見ながらいただくの。火をたいて川魚も焼くんだよ。幻灯機もくるんだよ。不思議なお話を聞かせてくれるの。白いシーツを木と木の間に張って、写真や絵を映すの」

ここで少し息を切って、

「一緒に行く？」

今度は声に出して言った。

「うん」

とわたしも声に出して答えると、うれしそうに少し赤くなった。

そして、くるっと向きを変え、弟のあとを追って、走り出した。

すぐに追いついて一緒になる。

お兄さんの方は少し恥ずかしがりやさん。

ふふっ、と思いながら、ふたりの後ろ姿が見えなくなるまでずっと見ていた。

ふと、

『メトロノームとトライアングル？　なんだか変わったものが届くんだな』

あの古い学校に、そんなの置いたらどうなるのかしら。共鳴し合って学校全体が振動し揺れそうだ。

そんなことを想像しながら、見に行ってみようかなと思った。


雨も少しだけだもの、傘をさしていこう。

そんなふうなのも好きだ。


お祭りも楽しみだな。

早めに行かないと。きちんと最初から見よう。

せっかくあんなふうに誘ってくれたのだもの。

部屋で、本を読んでいると、横にある廊下の階段から、
ポン、ポーン、ポンポン。

軽く音を立て、風船が落ちてきた。

紙風船。

懐かしいな。

これって、やさしく扱わないといけないのよね。

ぽんっと強くたたくと、すぐに空気がなくなったり、割れたりしてしまう。

息をどんなに一所懸命に入れて、ぱんぱんにしても、すぐにしおれてしまう。すぐに割れてしまう。

でも大好きだった。

小さなころ駄菓子屋さんに売っていた。

誰が落としたのかしら。

誰か遊んでほしいのかな。

こんなふうな古い大黒柱のある家に住んでいるもの。

「いいよ。一緒に遊ぼう」

声に出して言ってみた。

ふっと気配がした。

うれしい感じが伝わってきた。


遠い昔、紙風船を膨らませて、こんなふうな古い家の二階で遊んでいたことがある。ひとりでいたのだけれど、階下で人の気配がしたので、

『お客さんかな？』

と階段の上から覗き込むと、誰か知らない人が座っていた。

その人は静かに本を読んでいた。

わたしは、もっとよく見てみよう、顔を見ようと思い、身を乗り出して、手に持っていた紙風船をつい落としてしまった。

知らない人がこちらを見上げたので、なんとなく隠れてしまったのだけれど、あのとき本当はその人と遊びたかった……。


そのとき、玄関から家の人が帰ってきた。

気配はふっと消えた。

ちょっと残念。

でもここの家の人は好きだ。

なんだかとても懐かしい感じがして、心が落ち着くんだもの。


家の人は帰ってきてすぐ、部屋まで来た。

「ああ、みえられてよかった。今、そこで」

白い割烹着の前ポケットから数輪の薄紫色をしたカタクリの花を取り出し、こちらに向けてにっこりした。

「ほら、こんなのがたくさん咲いているところがあって。あまりに素敵だったのでお見せしたくて。一緒に行こうと思って呼びに来たんですよ」

差し出された花は少ししおれていたけれど、ひんやりと美しく輝いていた。

「ありがとうございます」

とそれを受け取り、コップに水を入れ、挿した。

「あなたにもお見せしたいと思って。どうぞよろしかったら、こちらです」

わたしはあとに続いた。

トライアングルを見に行くのはまたあとでもよいかな。

玄関で運動靴に履き替え、外に出た。

小さな粒の雨は止んでいた。

家の前の川は、昨日よりもっと青く透き通っていて、奥にいくほどに、遠い空や景色の色をより鮮明に映していた。

白い日本手ぬぐいをかむったまま、その人は先に立って歩いた。坂の上に向かって。昨日、わたしが行ったよりも左手の少し細い道、もっと上に続く道だ。

ふたりはなにも話さず歩いた。話さなくとも、道々、風が木の葉を揺らす様子、路地の横にときどきある小さな草、鳥たちの声……そのようなものを見たり聞いたりしながら、ときどき顔を見合わせて微笑んで、一緒に歩いた。

彼女の頭の白い手ぬぐいと割烹着をときどき見て、わたしは遠い昔のことを思い出していた。

「本当にきれいなんだから、一度一緒に行きましょ、行きましょ」

と、いつも母に朝早くの散歩に誘われたのだけれど、

「えーっ、夜明け前なんて、やだ」

と断っていた。がっかりしていたあのときの母の顔。

『一緒に行けばよかったな。こんなふうに、すぐに』

ごめんね。

草の原と木漏れ日の差す木々の間をしばらく歩いていくと、さーっと目の前に広がる、カタクリの花園。

突然現れた不思議な薄紫の空間。

「ほら、きれいでしょう」

はい、とうなずくと、花はここだけに咲くのだとその人は言う。

「あなたにね、お見せしたいものがあるんです。お祭りのときに」

その人はそのあともいろいろな美しい場所に連れていってくれた。

空が広く見える山の中腹の開けた場所も。細い川の水音が旋律のように聞こえる岩の上。つくつくとがったこんぺいとうのような不思議な形の実などがたくさん落ちている細い木の立ち並ぶ中。それはとても美しく、どこもとても懐かしい気がした。

そして、郷が一望できる高いところに来たとき、その人は頭のかむりものを取った。正面を向いたその顔に日が当たり、そのとき初めてその人の顔がはっきりと見えた。

あっ、とわたしが思っていると、

「気が付かれましたか。そう、わたしはあなたの遠い親戚なんです。わたしは祖父の代まで祠の近くにいたんです。あなたのお父さまはそのもっと上の方、白い馬たちと一緒にいたの。わたしたちは従姉弟どうしなの。でもやがて、そこに住んでいたものたちは少しずつ山から下りていった。そうしてさらに、あなたのお父さまはここから出ていったの。よその土地で学校へ行き、やがて働くようになり……そのときにあなたのお母さまと出会い、一緒になり、やがて子供もでき……、あなたのことですよ。

そして、しばらくして、自分の生まれた美しい土地を見せておきたいと、また帰ってきた。そう、戻ってきたことがあるのですよ、ここに。あなたと、お父さま、お母さま、お祖母さま、当時はまだ四人家族でした。あなたがまだとても小さかったころ、わたしはあなたと毎朝あいさつしました。すぐ近くに住んでいたんです」

ああ、そうだ、思い出した。

わたしがとても小さかったころ、どこか知らない山に暮らしていたことがある。

古い家々。

柱の傷は父がわたしの成長とともにつけたもの。

そんな中、朝、散歩のとき、いつもあいさつしていかれる女の人がいた。

普通大人は小さな子に対して「おはよう」としか言わないものなのだけれど、その人は、

「おはようございます」

と丁寧に、やさしく、言ってくださった。

だからわたしはとてもうれしくて、きちんと自分も、

「おはようございます」

とあいさつしたのをよく覚えている。

この人はあのときの人だったのだ。

彼女もうなずいた。

わたしたちは、その後また郷から出ていったのだそう。父はそのまま外の世界で働いて、弟が生まれ、やがて体を壊して病気になって亡くなり、そのまま月日が流れていった。

けれど、その子供のわたしは惹き寄せられるように、またここに戻ってきたのだ。

帰りの道も、ふたりともほとんどなにも話さなかった。ただ、風が葉を揺らす音、ときどき鳥の声などを聞いて、歩いた。

空も空気もとても澄んでいた。


ふもとに下りて家に帰ってくると、五人の子供たちが遊びに来ていた。

あのふたりの兄弟のほかに、そっくりな顔立ちの子たち三人だ。

くるくるした瞳のよく動く女の子ひとりと、大福もちのようなほっぺをした男の子ふたり、どうも三つ子のようだ。

少しいて、ご飯の時間になりいったん帰っていったのだけれど、夕方手前また遊びに来た。

そして、本を読んだり、絵を描いたり、しばらく一緒に遊んでいた。子供たちは、夕刻過ぎてあたりが暗くなりかけても、なかなか帰ろうとしなかった。

まだ遊び足りなさそうだった。

にこにこしながら、こちらをちらちら見てくるのだ。

だからわたしは、

「うーん、こまったちゃんたちだね。あのね、ひとつお話してあげる。そうしたらみんな帰って夕ご飯を食べるのよ」

なにかな、なにかな、と興味津々でみんなこちらに集まってきた。

丸く黒い瞳をきらきらさせて……。


そこは、とある山の奥の奥、深い森でのこと。

ひとりの村人が森に迷い込んだ。

『ああ、もう何日も食べていない。最後の水もなくなってしまった。水を汲もうにも小川もない。せめて動物かなにか通らないだろうか』

するど、向こうの草むらから、

「ガサッ、ぴょんっ」

出てきたのはたぬき、いや違う、耳が頭の横からぴょこぴょこと長く出ている。あれは、

『うさぎ！　ころころとしているな、よしよし、待て！』

両手を前に出し、そろりそろりと近づいた。

うさぎは、「ぴょいぴょーい」と、前へ来たかと思うと、村人の横を通り抜けて「ぴょんっ」と後ろへ引く。

そしてまた後ろへ「ぴょいっぴょいっ」。さらに遠くなった。

『ううむ、ばかにしおって。逃げられてなるものか』

「えいっ」と飛びつくが、「ぴょいっ」と逃げられる。

『ううっ、すばしっこいやつめ。よしっ、今度こそ、やっ!!』

またまただめ。

『またしても。うーむ、うーむ、こうなったら』

身につけていた腰の紐を取り、離れたところで毛づくろいしているところにそろりそろりと近づく。

すると、「ぴょんっ」と後ろへ、そしてまた、「ぴょんぴょんっ」とすぐ横へ来たかと思うと、パッと消え、反対側から「ぴょこっ」と現れた。

『ん、先ほどのとなんだか違うような。確かもう少し丸かったのでは。気のせいかな。まあいい』

またまたパッと消え、少し先に現れる。

『なんてすばしっこいやつ。ややっ、今度は少し短いぞ』

まるで村人をからかうかのように、丸くなったり、細長くなったり、姿を変えては現れる。

「ぴょんぴょん」と周りをすり抜け、出ては消え、消えては出てくる、うさぎ。

少し離れたところでこちらを見ている、きょとんとした目。

やがて、空腹と渇きが限界に達し、倒れこむ村人。

『ううっ、残念。これまでか』

バタッ。

それを見ていたうさぎはすっくと立ちあがり、頭の耳付き帽子を取って、着ぐるみを脱ぐ。中から現れたのは一匹のぽんぽこたぬき。

たぬきは、近くの木の皮に印をつけ、にっこり微笑むと振り返った。

すると、後ろから、すく、すく、と現れたうさぎたち。

太いのやら、長いのやら、いろいろな姿のうさぎがいる。

いや、違う。うさぎの着ぐるみの中から現れたのは、たぬきとたぬきと、たぬき、たぬき……全部で五匹。

近くの高い木の幹に、棒で印をつける。

「あ！　たぬくんが一個多いね。うーん、今日はぼくの負け」

村人の倒れこんだ手の先に生《な》っている赤い実。

「ああ、よかった。これは見つからなかった」

小さな手で取って葉でくるむ。にっこり笑って、

「この実おいしいんだよね、あとから食べよう」

森のみんなは、そんなふうにして毎夜毎夜、遊んでいるのね。

白いねずみは、丸くなって村人の足元を照らし、道なき道へと誘い込む。

黄色の夜行性の鳥たちは、木の高いところにくるんと丸くなってとまり、月の真似をするの。

「あれ？　さっきまでそちらの方向に月があったと思ったのだが、なんだかへんだな。こちらの方向だったたか」

山の奥へ奥へと、どんどん人のことを迷い込ませて遊ぶの。

誰が多く誘い込んだか、多い方が勝ち。

今日もぽんぽこや山の動物たちは、そんなふうに遊んでいるの。

そして、そのあと月夜のパーティー。

山の奥の奥のてっぺんで、月を見上げてダンスするの。

いつまでも夜起きていると、あなたたちも誘い込まれてしまうかも。

だから、あのね、そろそろお家へ帰ってご飯を食べてね。そして休もう。

また明日、遊びましょうね。


五人の子供たちは、にっこり笑ってうなずいて、帰っていった。

そして帰りがてら、

「だってさ、あの村の人、嫌んなっちゃうよね。せっかくぼくたちが食べようと思っていた木の実や山菜、みんな取っていっちゃうんだもん」

ひそひそなにか話し声。


その夜、わたしは、夢を見た。

丸い大きなお月さまの出た山のてっぺんで、たぬきの着ぐるみを着た五人の郷の子たちと、つま先立ちで、ラッタ、ラッタ。

ダンスした。

お祭り

それから数日はなんだか村がざわざわしていた。

お祭りの用意でみんなが忙しそうだった。

『どんな感じなのかな？　華美なものではないだろう。でもきっと、とても素敵なお祭りに違いない。幻灯機ってどんなかしら。ずっと以前に見たことがあると思うのだけれど、よく覚えていない。あの、白いシーツに朧に映った……、たぶんあれが幻灯のようなものだったと思うのだけれど、いったいどこで見たのだったか、よくわからない』

わたしはなにを手伝えばよいのかわからないまま、祭りの前の日になった。

まだ夜が明けて間もない、木や草がまるで眠りながら風に揺れているような、そんな時間帯のころのこと。

郷の子たちが呼びに来てくれた。

あの、葉っぱの男の子とお兄さん、大福三つ子。それに他にも、少し細長い子やら、ころころした子、短い子。

ふと、

『なんだか、この間、私がお話した子たちに、よく似ている気がする』

そう思ったけれど、すぐに、

『まさかね』

皆で連れ立って、山の中腹あたりの開けた場所。

まだ咲いたばかりのしっとり柔らかな、薄紫やピンク、白、カタクリの花の咲いているところへ行って、持ってきた袋にたくさん摘んだ。

そのあと柔らかよもぎや、木の実も少し拾って。
皆満足して目の高さまで持ち上げてみた。
「誰が一番かなあ」
大福三つ子の、片方の男の子が言った。
皆ほぼ同じくらいだった。私だけ少なめ。
『だってあまり一所懸命採れないじゃない。あんなかわいい手で真剣に摘むんだもの』

そして、その夜のこと。

わたしは、薄紅の着物を着て草の原に立っていた。
わたしは小さな女の子だった。
そしてこちらに向かって、歌うようになにか言っている。
わたしは、小さなころのわたしのことをこちらから見ていたのだった。
「葉っぱをあげたのはわたし。桜の女の子はわたし。お兄さんにもあげたのだけれど、どこへやったのかなと思ったら、ポケットにしおりになって入っていたのね。ふふふっ」

なんだかわけがわからず、きょとんとして目が覚めた。

当日の朝になり、
「今日は早く用意してお待ちください。あとから学校へいらしてくださいね」
泊めていただいている家の、父の従姉弟だという女性はそう言って、にっこりされた。
なにをどう用意すればよいのかわからなかった。
なんとなく出かける気持ちにもなれない。
家の中を探索しようと思った。この家は意外に広いのだ。
細い廊下の先にある、まだ入ったことのない小さな部屋は、物置になっている。
窓から光が帯のようにさしている。その中を小さなちりが舞っていてとても美しい。

部屋の中を見回すと、昔の玩具、雑貨などが置かれている。奥のタンスの上には古いからくり式の幾重にも重なった小さな箱が置いてある。

近づいて手に取って、カタカタいわせながら開けてみる。

一番最後に出てきたのは、紅い花模様の和紙で織った小さな鶴だった。

わたしが、一番最初に母に教えてもらい覚えた織り方だ。

それを元に戻し、隣に置いてあるのは、どこかのお土産だろうか、奇妙な形の木彫りの人形。首かざりや服の模様が不思議な形をしている。

ほかにもいろいろあり、ひとつずつ手に取って、見る。どれもとても懐かしい気がする。

一通り部屋の中のものを見ると、さらに廊下の奥、少し光の陰っている屋根裏に続く階段へ。

細い段をぎしぎしいわせ上がっていくと、最初に目にとまったのが、奥の窓の近くに置いてある古い衣装たんす。

近づいて中を開けると、美しい連続模様のアンティークレースや更紗の着物。

その向こう側の小窓から見る外の景色は、まるで別の世界を見ているよう。

いいえ、別の世界はこちらかも。

時が止まっている。そしてゆっくりと動き出す。

わたしはなぜ今ここにいるのだったか。

そんなふうに過ごしていて、夕刻過ぎ、あの兄弟が呼びに来てくれた。

わたしはふたりと一緒に行くことになった。

道々、草の中の花を摘みながら、虫を見つけながら、歩いた。

月を指さして、

「まんまるだね」

と葉っぱの子は言った。

お兄さんは少しあとから歩いていた。なにかしきりに探している。胸ポケットを見たり、ほかのところを見たり。

『なにか落としたのかしら』

と思って見ていると、探し当てたらしく、ズボンの左ポケットの中を手で少し引っ張り出した。

あった、と目がほっとしている。

見ると、しおりのような細長いものだった。

すぐにしまったのだけれど、それは弟がいつも頭に乗っけているあの桜の葉のようだった。

「あ」と声に出してしまいそうになったけれど、気づかないふりをして向こうを向いた。なんとなくその方がよいみたいな気がしたから。

すると、男の子はちらっとこちらを見て、わたしが見ていないことに安心したみたいだった。

ないしょにしていて、いつかわたしを驚かそうとしているのかもしれない。

やがて、もうすぐ学校というころになると、向こうに提灯が下がっているのが見えた。

中のろうそくの炎が、少し風が吹くたびに揺れてとても美しく、ずっと道々連なっていて、幻想的だった。

学校に着くと、ざわざわとしていて、月と星と提灯の灯りのもと、幻灯が始まると
ころだった。

ジジジジ……。

幻灯機が回る音がする。

みんな、前に敷かれた薄い畳のようなものの上で、座って見ている。

わたしたちも空いているところに靴を脱いで上がり、座った。

幻灯

さあみんな集まったかな?

さてそれでは、お話のはじまりはじまり。

むかーし、山の奥に古くからの郷があった。実りの多い美しい場所で、みんなは楽しく仲よく暮らしておった。

でもやがて、いろいろな事情で引っ越ししなければならなくなって、郷のものたちは、ひとりまたひとり、何家族と、いなくなっていった。

空き家だらけの郷。

近くに住んでいたたぬきの子らは、その中の一軒の空き家に上がり込んだ。

兄弟ふたりでタンスから元の持ち主が残していった服を取り出す。

「あ、これ、冬にあの子たちが着ていた服だよね。わぁぁ。暖かそうだなあ。ぼく今度の冬、これを着よううっと」

お兄さんの方は、べーゴマや紙の飛行機を見て、うれしそうに手にとっている。

そのうち親たぬきやおばあさん、おじいさんたぬきも来て、一緒に家の中でいろいろ探し、

「うん、ここ、わたしたちにちょうどいい」

と、そこで暮らすことにした。

人間の服を着て、人間と同じご飯を食べて、そうして何日もするうちに、彼らはほとんど「人」と変わらなくなっていった。

何人か残っていた人間たちもいたのだけれど、「人」として生活している「彼ら」を見て、

「ああ、増えていくのはよいものだなあ」

と受け入れ、やがてお隣さんどうしになり、仲よくみんなで生活していくようになった。

それを見ていた山の上のものたちも、

「なんだか楽しそうだな」

と、少しずつ下りてきて、一緒に生活するようになった。

高いところに住んでいる白い馬はなんでも自分でできるし、ときどき下りてきたときになにか足りないものはないかお世話をしに行けばよい。

郷のものたち、山の上から来たものたち、そのほかのものたちも、だんだんと境目

がなくなって、今ではもうほとんど変わらない。

みんな同じ、「郷の人」だ。

お役目

「あの」

後ろで声がしたので振り向くと、そこにはあの講座のときに薄い緑色のカーディガンを羽織っていた女の人が立っていた。

月の下で彼女は、今日は眼鏡をかけていない。

後ろでひとつに結んだ黒く長い髪。

薄い雲の向こう側にあった月が、ゆっくりと雲間から現れ、彼女の顔を照らす。すると、

「小夜さん」

ああ、そうだ。それは忘れもしない遠い昔の、わたしの父の妹、つまりわたしの叔母だった。

「小夜はわたしの母です。母はもう亡くなりました。あなたのことは、生前よく聞かされていました。小さなころの写真もあります。母がずっと大切にしていたものです」

手に提げた布のバッグの中から薄いアルバムを取り出して開いた。

そこには、長い髪を結わえ静かに立っている小夜さんが、わたしと仲良く手をつないで写っていた。

やわらかな気持ちでそれを見ていると、アルバムの次のページにはさんであった一枚を取り出した。

それはあの、幼いころ、いつもわたしにあいさつしてくださった人が写っている泊めていただいている宿の方の写真だった。

面長色白で穏やかな瞳、並んで立っている薄紅色の浴衣を着ている小さな女の子、それはわたし。

「ああ、それからこちらも」

そして、トラックの前で、やさしい顔立ちのご年配の女性とその息子さんらしき人……間にちょこんとわたし。

「そう、どれもあなたです」

小夜さんのおじょうさんは言った。

「三枚目の写真は、以前ここの郷であなたが迷子になったときに保護してくれた人たちです。それ以後、ときどき遊びにいっていたようですよ、あなたは。その家の裏の庭に小さな桜の木があって、あなたはよくそこで遊んでいたそうです。桜とおそろいの浴衣を着て」

「泊まっていらっしゃる家の女性は、お聞きになられたかもしれませんが、あなたのお父さまの従姉にあたります。今日はお役目があって、お社へ行きました。灯りをともすのです。先祖が迷わないように。一晩、道しるべの意で。あなたに写真を見せるよう言いつかってきました」

「わたしたち一族はお社を守る……それはこの郷を守ることにもつながるのですが、そういう役目があるのです。それは代々女性に受け継がれてきました。ですからとくに女性は、ここに強く惹かれるようですね。出ていっても、きっとまた戻ってくることになる。叔母が今日はお役目を果たしに行っているので、代わりにわたしが写真をお見せしようと思い、持ってきました。この薄紅の着物は祖母が縫ったものだそうです。あなたはとても気に入って、よくこれを着て、郷の小さな動物たちと遊んでいたそうですね。とくに仲のよかったたぬきの子に葉っぱをあげて、おまじないや、化かしたり、お祈りをかなえる練習をしたりして」

彼女は微笑んだ。なんだかそのときの様子が見えているみたい。

「わたしにはすぐにわかりました、あなただってことが。初めて講座で会ったときにすぐに。だって写真のままなんですもの。わたしは、母にとても似ているとよく言われるので、もしかしたら、あなたもわたしのことがわかるかも、と期待したのですけれど。でもあなたは気が付かれませんでしたね。いつわかるかしら、と、どきどきしながら待っていたんですよ。

あなたのお父さま……わたしからは伯父にあたりますが、伯父は、一度あなたやあなたのお母さまと郷に戻られたけれど、また出ていかれることになりました。やがて外の土地で体調をくずして病気になった……。ずいぶん捜したようですよ、一族のものが。だって何度も転居ののち行方がわからなくなっていたんですもの。ようやく捜し当てたときには……。それでも祈りを捧げたそうです。でももう手遅れだったって、とてもがっかりしていたようです。そしてそのあと亡くなられたんですね」

ああ、そうだったのか。突然訪ねてきたのはここの人たちだったのだ。

『そうだ、思い出した』

遠い昔、まだ物心ついたばかりのころ、わたしはここで暮らしたことがある。あの家もなぜか懐かしい気がしたのは、あそこにいたことがあるからだ。

わたしが以前住んでいたときに、あの人（父の従姉）は、よく遊びにきてくれたそうだ。

あのころ、まだ弟は生まれていなくて、わたしはひとりで古い屋根裏へ上がって、紙風船をつきながら、なにもいないところへ話しかけたり、郷の動物たちと遊んだりしていたのだとのこと。

わたしの母も今はもう亡くなって、いないのだけれど、

『どうして弟はここに辿りつかなかったのだろう』

ふと不思議に思っていると、それがわかったかのように彼女は、

「あなたの弟さんは、この郷を出ていってから生まれたので、ここの水を飲んでいないのね。それに男子だもの。だからあなたとは少し違うのでしょう」

そうか、そうなのね。

でも全く違うわけではない。

だって弟は小さなころから自然や動物が大好きで、それらをいつも追いかけているような、どこか風変わりな子だったもの。

そういうところが、郷と「つながっている」ということをあらわしているではないか。

それに、こんなにきれいなところなんだもの。

あとから手紙に書いて、教えてあげようっと。

きっと喜ぶ。

彼女の斜め後ろから男の人が前へ出てきた。

それはあの講座のとき、階段のところで言葉を交わした人だった。

「ぼくの甥や姪たちに素敵なプレゼントをしていただいて、ありがとうございました。きれいな木の実ですね。とても喜んでいるんですよ」

ほら、とでも言うように後ろを振り返ると、そこにはつやつや光る木の実の首飾りをつけた五人の子供たちがうれしそうに立っている。

あの葉っぱの兄弟と、大福の三つ子たちだった。

「あのあと、ふもとに帰る前に引き返して、取りに行ったようなんですよ。それにもっと遊びたかったみたいです。あなたと」

あれ？　あれは確か夢の中での出来事だったのではなかったかしら。

それともわたしが寝ぼけていただけで、実は本当のことだったのかしら。

わたしが首をかしげていると、みんなが笑った。

「今夜はここに泊まられますか。お祭りは夜通し行われますし、ほかのみんなもテントで休むものが多いです。ほら、ここに面した校舎のあのカーテンの揺れている部屋……四年四組にお布団の用意もしてありますし、よろしければどうぞ」

彼女の指さした先に、ひとつだけ明かりの点いた部屋があり、白いカーテンが揺れていた。

ここにいるよ

わたしは少し疲れたので教室で休むことにした。

あいさつして、静かに、みんなと離れてひとりで部屋へと向かった。

校舎のガラスのドアは開いていた。

下駄箱で靴を脱ぎ、上履きに履き替えて、上がった。

教室へ向かう途中、廊下の突き当たりの部屋が開いていたので中が見えた。

そこは美術室だった。石こう像がいくつか置いてあり、その中のひとつがこちらを向いていた。

わたしが見る寸前に、石膏像がこちらを見ている気がした。

見直すと、もとのままだった。

でも、今日のようなこんな日の晩は、石膏像や、理科室、そのほかのものたちも、きっと明々と燃える炎が美しいと思って見ているに違いない。

ふっと息をつき、気をとりなおして教室へ向かう。


四年四組の教室の戸は開いていて、窓のカーテンが揺れていた。

遠い山の上、あの神社のお堂のある場所に明かりがともった。

『今あの宿の女性がいて、大切なお役目をしているのだ』

「わぁっ」

と歓声がしたので見ると、校庭の真ん中に集めてあった木の枝や葉に、火がつけらる。
れたのだった。
それを取り囲み、少し離れたところにいるものたちもいたが、みんなが見守ってい

赤々と燃え、パチパチとはぜる音をさせて、火は高く上る。
部屋の明かりは、その焚火の火と空の月と星の光のみだ。
わたしは教室の真ん中にある六枚の畳に上履きを脱いで上がった。
そして、たたんである布団の前でころんと横になり、仰向きになった。
古い天井だ、ところどころ欠けている。
とても懐かしく美しい。
外で歓声がする。
火がはぜ、火の粉が飛んできたのだろうか。
青い青い夜の空気。
わたしは静かに目を閉じた。
遠くでトライアングルとメトロノームの音がする。

風が鳴らしたのだろうか。

それとも誰かが鳴らしているのだろうか。

そのふたつが振動し、共鳴し合い、空気が波紋のように渦になる。


揺れているような、めまいのような感じがして、気が付いた。

わたしは、ゆらゆらと揺れていた。

これは夢なのか。それとも現実か。意識が揺れているのか。

わたしは、郷の校舎の中の教室にいたはずだ。

目を開けると、上も下も横も、周り全体を青い水のような空気が流れていて、それが上へ上へと行く。

どこからか、郷のみんながゆっくりと浮かぶように漂ってきた。

揺れに身をまかせている。

わたしは問いかける。

「あなたたち、本当は今どこにいるの？」

ふわりと浮いた夜の中で、葉っぱの子は言う。

「ここにいるじゃない」

なんだか、きつねにつままれたような、不安なような、落ち着いたような、不思議な気持ちでいると、少し離れたところにいたお兄さんの方の子が、揺れながら浮いて、わたしの方へ来た。そして、ゆっくりと手を差し出し、とん、とわたしの肩に触れ、にっこりした。

「ほら、ちゃんといるでしょ」

「うん」

あの薄い緑色のカーディガンの人が浮かんできて、

「夏の間に伸びた草やつるから繊維を取って、縒って糸にし、それから玉にして、やがて来る冬に向けて、暖かな服や帽子、手袋、靴下を編むの。たくさん編まないとね。みんなの分を作るのだもの。秋には木の実や根のものをたくさん取っておいて、乾燥させて冬に備えるの。みんなが困らないようにね。あなたも手伝ってくれる？」

こくん、とわたしはうなずいた。

彼女はにっこりした。

葉っぱの子が、ほら、と上の方を指さした。

そこは、ぽうっと白く揺れながら丸く照らされている。

まるで水の中から太陽を見上げたときみたいに。

あの向こう側がみんなの郷なのだ。

薄い緑色のカーディガンをふわりと揺らしながら彼女は言う。

「あそこから帰るの。今日みたいに水面に波紋がなくて穏やかな日にはね、こんなふうにできるの。あなたはまだ眠っている。こともつながっているのね」

『ここは水の中なの？　あの水面のあるところとは、まるで鏡のこちらとあちらみたい。深く眠っているときは深い水の底にいるようなものだもの。だからつながったのかしら』

そう思っていると、

「ぼくね、素敵な場所見つけたの。白い花がたくさん咲いているんだよ。ずっと続いているの」

一緒に行く？　と目が聞いている。

わたしは頷いた。

良かった、というふうにお兄さんの瞳がほほ笑んだ。

ふいに、頭の中に浮かんできた。

廃校、古い村々、村の入り口の桜、皆が静かに暮らしている、美しい郷。

それら全部を青い霧が覆う。

うつむいていくわたしの心に、お兄さんは言う。

「黄色の実がなっている木もあるんだよ。とってたべたらおいしいの。綺麗な場所も、たくさんあるよ。一緒に行こうね。朝になったら迎えに行くよ」

見上げるとやさしい目をしている。

「うん、待ってるね」

ふふっとお兄さんは上へ浮かんでいく。

みんなも一緒に上っていく。